Das Schlachtfeld und der Rosengarten

»… Damit ich mich kennen lerne, genügt es, Herr,
dass Du den Anker des Schmerzes in mir auswirfst.
Du ziehst an der Leine, und da erwache ich.
Herr, binde mich wieder an den Baum, von dem ich stamme.
Ich habe keinen Sinn, wenn ich alleine bin.
Gib, dass einer sich auf mich stützt!
Dass ich mich auf einen anderen stütze …«

(Auszug aus:
Gebete der Einsamkeit, Antoine de Saint-Exupéry)

Irene E. Futschik

Das Schlachtfeld
und der Rosengarten

Gedanken und Gedankensplitter

2007 Irene E. Futschik

Futschik, Irene E.
Das Schlachtfeld und der Rosengarten
Gedanken und Gedankensplitter

ISBN 978-3-8334-9177-1

Bilder im Textteil: John William Waterhouse
Satz, Umschlagdesign, Herstellung und Verlag:
Books on Demand GmbH, Norderstedt
Printed in Germany

Kontakt: irenefutschik@hotmail.com
Homepage: www.irenefutschik.dreipage.de

Inhalt

Das Schlachtfeld und der Rosengarten

Unser Leben hat viele Facetten. Wenn wir geboren werden und Glück haben, dann beginnen wir in einer sanften Welt voll Geborgenheit und Wärme. Im Laufe der Zeit drängen sich aber Aggressoren in unsere heile Welt und verwandeln sie in ein Schlachtfeld. Wir lernen dadurch uns zu wappnen, zu wehren und auch, uns umzudrehen und davon zu laufen. Die Erfahrungen auf diesem Schlachtfeld des Lebens formen uns, machen uns stark – wenn unsere Seele kräftig genug ist, nicht bereits bei einem der ersten Kämpfe, tödlich verwundet auf dem Feld liegen zu bleiben. Neben dem Schlachtfeld aber existiert ein Rosengarten. Wild, harmonisch, duftend, friedlich … Ein Ort an dem ich ganz ICH sein kann. An dem ich meine Wunden verbunden habe und rasch wieder genesen bin … um stark zu sein für den nächsten Kampf.

Einige Zeit lang aber, habe ich den Eingang zum Rosengarten nicht mehr gefunden. Ich wusste zwar, dass er noch da ist, konnte aber nicht in ihn gelangen. Mir blieb nur die Hoffnung, dass ich den Eingang eines Tages wieder finden werde. Das hat mich am Leben erhalten. Ohne Wissen um den Garten, wäre ich auf dem Schlachtfeld des Lebens verblutet. Im Augenblick höchster Not fand ich aber den Eingang wieder und ließ mich erschöpft auf die schöne, alte Gartenbank sinken. Dort wollte ich bleiben, bis meine Wunden wieder verheilt waren und ich neue Kraft geschöpft hatte. Neue Kraft für neue Schlachten. Aber als ich ganz ruhig dasaß und meinen Garten betrachtete, spürte ich in meiner Seele, dass ich nicht mehr auf das Schlachtfeld zurückkehren möchte. Ich habe innerlich das Kriegshandwerk »an den Nagel gehängt« und mich aus diesem blutigen Geschäft zurückgezogen. Meine innere Stimme sagte mir, dass mein Lebensweg nicht mehr der eines Schwertkämp-

fers ist. Ich habe nun andere Waffen, um mich und meine
Getreuen zu verteidigen und für meine Ziele zu kämpfen.

Die Gegner im Kampf von gestern rufen zwar noch immer
nach mir und fordern mich zu neuen Schlachten heraus.... Ich
aber kehre ihnen den Rücken zu und ihre Stimmen werden immer leiser. Irgendwann werden sie ganz verstummen, hoffe ich.
Hier werde ich mich am Duft des Lavendels und am Anblick
der bunten Schmetterlinge erfreuen und den Vögeln ganz ruhig
zusehen, wie sie im Vogelbad ihr Morgenritual durchführen.
Die einzigen Verletzungen, die mir nun beigebracht werden,
mögen die Stiche der Rosendornen in meinem Garten sein.
Doch diesen Schmerz will ich gerne ertragen. Er ist der Preis
für die Schönheit und Klarheit dieses Ortes. Ich weiß, dass
ich nicht mein ganzes Leben in diesem Garten bleiben kann.
Ich werde ihn hin und wieder verlassen müssen um in seiner
näheren Umgebung nach dem Rechten zu sehen, Unkraut
zu entfernen, zu gießen, zu mähen und zu jäten. Ich werde

aber immer wieder in meinen Rosengarten zurückkehren und das Schlachtfeld werde ich nie mehr als Kämpfer betreten. Nur als Sanitäter, der Verwundete davor bewahrt, elend zu Grunde zu gehen. Und das ohne Ansehen ihres Standes oder welcher kämpfenden Partei sie angehört haben. Auch Feinde sind Menschen, die leider auf der gegnerischen Seite stehen. Auch sie haben tapfer für ihre Ideale gekämpft und ihr Leben für ein höheres Ziel riskiert. Zum Feind hat sie nur die Tatsache gemacht, dass ihre Ideale und Ziele und die meinen zu unterschiedlich sind ….

Das Gesicht, Spiegel deiner Seele

Das Gesicht. Bestehend aus einer Stirn, Augenbrauen, Augen, Wangen, Nase, Mund und Kinn.

Die Stirn zeigt vielleicht einige Fältchen, oder sogar Falten. Entstanden durch Sorgen, die dich geplagt haben. Oder Unverständnis, das dich hat die Stirn runzeln lassen.

Die Augenbrauen, zwei sauber geschwungene Bögen. Exakt in die richtige Form gebracht. Ein kleiner Eingriff in die Natürlichkeit zum Wohle der äußeren Schönheit. Die Fältchen oberhalb unterscheiden sich kaum von den Fältchen an der Stirn. Aber auch sie haben die Form von Bögen. Spuren, die vom Staunen, sich wundern und Überraschung in all ihren Formen geprägt wurden.

Ein Augenpaar umschlossen von Wimpern, die es schützen sollen. Schutz vor äußeren Angriffen von Materie. Den unsichtbaren Angriffen muss sich das Auge schutzlos gegenüberstellen. Angst, Verbitterung, Verzweiflung, aber auch Freude beim Anblick eines wahren Freundes.

Auch die Augen zeigen Spuren. Rote Ränder, Adern, die etwas deutlicher sichtbar sind, als früher in der Jugend. Dunkle Ringe darunter, gezeichnet von Sorgen und Leid oder Fältchen an der Außenseite, vom Lachen oder Blinzeln. Das Auge lässt auch »tief blicken«. Ein kurzer, ehrlicher »Augenblick« sagt mehr über einen Menschen aus, als alles was er sagt. Auch zu Taten kann man sich überwinden – zu einem liebevollen Blick aber nicht. Ehrlichkeit und Wahrheit pur. Aus der Tiefe deiner Seele.

Zwei Wangen, rosig oder fahl. Glatt oder bärtig. Straff oder von tiefen Falten gezeichnet. Geschminkt oder Natur. Auch auf ihnen zeichnet das Leben sein Bild.

Die Nase. Lang oder kurz. Spitz oder knopfartig. Breit oder

schmal. Links und rechts mit einem Flügel ausgestattet, ohne fliegen zu können. Sie zeigt die wenigsten Anzeichen von Veränderung. Vielleicht wurde sie ein bisschen zu oft gerümpft, um Unmut zu zeigen und weist eine Querrille oberhalb der Nasenspitze auf.

Der Mund umrahmt von Ober- und Unterlippe unterschiedlichster Größen und Farben. Die Mundwinkel nach oben oder unter gezogen. Auch das hinterlässt Spuren, die erkennen lassen, wie es dem Menschen bisher ergangen ist. Manchmal wird versucht, die Spuren auszuradieren. Botox im Kampf gegen das wahre Ebenbild. Ein Trugbild um zu trügen.

Das Kinn. Zugewachsen oder freigelegt. Spitz oder rund. Umrahmt von einem »Doppelgänger« des Wohlstands oder allein und selbstbewusst. An sich unbeweglich. Jedoch zum Leben erweckt durch Kiefer und Mund. Das Kinn kann sich nicht ausdrücken; es ist auf andere angewiesen. Und wenn die anderen Teile des Gesichts falsch reagieren, trifft es hin und wieder auf eine Form der Hand, die Faust. Aber das Kinn ist hart im Nehmen. Es steckt ein und teilt nicht aus … und zeigt vielleicht deshalb nicht so viele Spuren der eigenen Vergangenheit.

Hoch sollen sie leben, die Augen und das Kinn!
Sie sind der wahre Spiegel unserer Seele …

Das Wunder der Sprache

Lerne Sprachen, damit du dich verständlich machen kannst!«
Ein weiser Spruch um uns dazu zu bringen, Fremdsprachen
zu erlernen. Durch Sprachkenntnisse, können wir mit anderen Menschen kommunizieren, Kontakte knüpfen, Erfahrungen und Meinungen austauschen und uns in unserem
Leben zurecht finden. Aber oft beschränken wir uns auf
die akustischen und schriftlichen Formen der Sprache. Auf
die anderen »Sprachformen« wird leider ganz vergessen. Da
wäre zum Beispiel die »Körper-Sprache«. Ich meine jetzt
nicht die »Gebärden-Sprache« der Gehörlosen, die man
ohne intensive professionelle Unterweisung nicht erlernen
kann. Ohne einen einzigen Laut von sich zu geben oder zu
hören, lassen sich die innersten Gefühle ausdrücken. Selbst
ist man sich oft gar nicht bewusst, dass man ES tut und
die meisten Menschen kennen sich mit dieser Sprachform
zu wenig aus um wirklich »zu verstehen«. Dabei ist diese
Sprache weltumspannend und wird von jedem von uns gesprochen. Gestik und Mimik sind ein wichtiger Bestandteil
dieser Ausdrucksform.

Ein gebückter Rücken, eine geballte Faust oder vor dem Körper verschränkte Arme, die Wahl des »Standpunktes« oder der
Sitzposition oder der -gelegenheit sprechen eine laute Sprache.
Genauso wie eine offene, ausgestreckte Hand, ein Lächeln oder
ein »auf den anderen zugehen«. Aber auch hier kann getäuscht
werden. Man kann sich willentlich zu »positiven Gesten« überwinden und so seine Umwelt hinter's Licht führen. Manchmal ist das auch gut so, denn nicht immer ist es angebracht,
seine innersten Gefühle in jeder Situation preis zu geben. Man
wird dadurch verletzlich und oft auch tatsächlich, absichtlich
oder nicht, verletzt. Man könnte auch andere damit verletzen,

dadurch dass man sie seiner eigenen »Momentan-Stimmung« unmittelbar aussetzt.

Das einzige untrügliche Zeichen ist der »Augen-Blick«. Das Sprichwort »Ein Blick sagt mehr als tausend Worte« beinhaltet die ganze Wahrheit. Blicke täuschen und trügen nicht. Wer die Körpersprache selbst »in Wort und Schrift« beherrscht, kann im Auge seines Gegenübers lesen, wie in einem offenen Buch. Und er erkennt die wahren Gefühle und Gedanken; kann sie zumindest erahnen. Um dann »unerkannt« zu bleiben, hilft nur mehr der Blick zu Boden oder die dunkle Sonnenbrille …

Der Duft der süßen Träume

Geschafft! Wieder ein Tag geht zu Ende. Ein langer Tag! Die Kinder rechtzeitig in der Früh aus dem Haus zu bringen, ist bereits die erste Hürde. Ich habe sie aber wieder gemeistert. Es regnet ... - Kinder in die Schule bringen, einkaufen, Postamt, Altpapier entsorgen, ... Im Haus Ordnung schaffen; Spielsachen aufsammeln, Buntstifte zurück ins Glas, vorher spitzen, staubsaugen, aufwischen, Wäsche waschen, Spiegel putzen, Geschirr hinein in den Geschirrspüler und dann wieder sauber heraus; hinaus in den Garten, das Gras gehört gemäht, zum Glück ist es nicht sehr nass; zuviel Unkraut in den Beeten; verdörrte Pflanzen abschneiden, »Hochgewachsene« muss man stützen; zurück ins Haus, Mittagessen zubereiten, Geschenke für Freunde und Verwandte fertig basteln.

Die Kinder kommen »tröpferlweise« aus der Schule nach Hause, eigene und Gastkinder, hungrig natürlich; Volle Teller auf den Tisch, leere Teller abräumen; »Ein Auge« auf die Hausaufgaben haben und dabei bügeln; danach mit der Großen üben, nachmittags Jause für drei bis sechs hungrige Mäuler, danach »versteckte« Teller im Garten suchen.

Abendessen vorbereiten. Eigene Kinder einsammeln, andere nach Hause schicken oder bringen, gemeinsames Abendessen, kurz über den Tag plaudern, Tisch abräumen und säubern; 19:00 Uhr! »Ab und hinauf Kinder!«; »Badezimmer-Tango«, mal mit und mal ohne Baden, »Habt ihr die Zähne geputzt?«, »Hast du die Zahnspange?«, Antwort: »Jaaaa, Mama!«, Kontrolle ...Ergebnis: »Nein, Mama...«, also nochmals ins Badezimmer. Ab ins Bett, zudecken und ein bisschen kuscheln, manchmal ein Lied auf Bestellung, »Es wird scho glei dumpa,..« oder »Au clair de la lune« sind die Favoriten, Bussi geben, Licht aus, »Schlaft gut, ihr Lieben!« .... Hin und wieder gibt's dafür auch ein »Mama ich hab dich lieb!«, das ganz tief eindringt.

Nun noch zwei Stunden in aller Ruhe, mit Mann, ohne Kinder. Meist fallen mir dann leider schon die Augen zu. Das Bett ruft! Die Füße tun weh, der Rücken hat sich auch schon einmal besser gefühlt, von den Augen rede ich gar nicht. Doch bevor ich mich niederlege gehe ich nochmals in die Zimmer der Kinder. Alle gut zugedeckt? Keine Pölster aus dem Bett gefallen? Alles ruhig! Und dann atme ich ganz tief ein und koste den »**Duft der süßen Träume**« …

Mit diesem Geruch kann es das teuerste französische Designer-Parfüm nicht aufnehmen. Für mich gibt's keinen besseren Duft, als den meiner Kinder wenn sie schlafen. Man sollte ihn in Fläschchen füllen können um ihn zur Hand zu haben, wenn man tagsüber »neue Energie« braucht. Bei mir wirkt er besser, als jedes Duftöl. Beruhigend, wärmend, bis tief in mein Herz; zeigt mir den »Sinn meines Lebens« …

Und so verhilft er mir ebenfalls zu »süßen Träumen« … und erholsamem Schlaf. Für neue Energie und Kreativität am nächsten Morgen, wenn noch alles schläft, und ich meiner Fantasie freien Lauf lassen kann.

Nimm meine Hand ...

Die Hand. Ein nützlicher Körperteil. Die Hand kann arbeiten, schreiben, zeichnen, frisieren, beim Autofahren schalten, die Seiten eines Buches umblättern, das Besteck halten, ...

Die Hand kann auch streicheln, Wärme geben, willkommen heißen. Leider auch schlagen und Türen »zuschlagen«. Die Hand ist meist ein sehr nützlicher Körperteil. Eine ihrer Besonderheiten ist, dass sie auch Hilfe geben kann. »Reich mir deine Hand!« Oder besser noch: »Ich reiche dir meine Hand!«

Viele von uns reichen anderen die Hände. Legen Hand an, wenn's erforderlich ist. Ohne langes Bitten und Betteln. Ohne einen irdischen Lohn dafür zu erwarten oder gar zu verlangen. Vielleicht ein »Danke«, aber nicht mehr. Und es werden zum Glück immer mehr, die erkennen, dass hin und wieder »Hand anlegen« keinen übermenschlichen Aufwand bedeutet, aber der Gemeinschaft und einem selbst unheimlich viel bringt. Einmal zu helfen heißt auch nicht, dass man sich mit Haut und Haar vereinnahmen lassen muss. Wenn's geht, dann geht's. Wenn nicht, macht auch nichts. Der Suchende findet dann sicher eine andere »helfende Hand«, wenn er nur ein bisschen herum schaut ... und um Hilfe bittet!

Nur ist das selbst »Um-Hilfe-Bitten« nicht immer ganz leicht. »Es zeugt von Schwäche«, meinen manche. »Das muss man doch auch alleine schaffen!«, »Das wäre doch gelacht, wenn ich das Problem nicht selbst lösen könnte!« ...

Ich meine, dass das »Um-Hilfe-Bitten« viel Mut und Stärke erfordert. Nicht alle Situationen im Leben eines noch so starken und ausgeglichenen Menschen sind »do-it-yourself«-Situationen. Man verrennt sich leicht in Lösungswege, die in einer Sackgasse enden. Ohne »input« von Außen wird das »Programm« bald abstürzen. Wenigen Menschen ist es gegeben, die »Hilfsbedürftigkeit« anderer zu erkennen. Manchmal liegt es auch daran, dass Menschen, die eigentlich Hilfe brauchen, diesen Zustand so gut kaschieren können, dass man lange wirklich nichts merkt. Auch mit gut geschultem Auge nicht. Solange nicht, bis es wirklich »kracht« … Viele Menschen sind bereit zu helfen. Sei es mit der Hand, dem Ohr durch Zuhören oder dem Herzen. Sie warten nur darauf, angesprochen zu werden.

Oft bieten sie auch einfach nur so ihre Hilfe an, stellen die Hilfe »einfach in den Raum«. Man müsste nur zugreifen!

Das klingt so einfach. Ist es aber nicht! Erst muss man überhaupt erkennen, dass man selbst Hilfe braucht. Es ist schon gut, vorerst zu versuchen, selbst die richtige Lösung für ein Problem zu finden und nicht mit jeder Kleinigkeit Rat bei anderen zu suchen. Auch andauerndes Jammern bringt nichts, da auch Hilfsbereitschaft wenn sie über Gebühr beansprucht wird, irgendwann einmal abebbt. Aber wenn der Brocken immer größer wird und droht, einen selbst zu verschlingen, dann ist es höchste Zeit seine Hand auszustrecken und um Hilfe zu rufen. Das kostet sehr viele Menschen einiges an Überwindung. Wahrscheinlich auch deshalb, weil sie früher bereits einmal eine schlechte Erfahrung damit gemacht haben, ausgelacht oder belächelt wurden.

Man wird sich aber wundern, wie viele Hände einem entgegen gestreckt werden. Sich die »erste Hand« auszusuchen und festzuhalten ist noch mühsam. Erst wenn man spürt, dass Wärme und neue Hoffnung von der »helfenden Hand« in die eigene strömen, dann hat man es geschafft. Man ist nicht mehr allein mit seinem »Pinkerl«. Vielleicht hat das Gegenüber keine Patentlösung parat, aber wahrscheinlich doch ein bisschen Lebenserfahrung, einen eigenen, anderen Blickwinkel, einen guten Ratschlag oder einfach nur ein offenes Ohr. Und das kann Wunder bewirken.

Unser Schöpfer stellt uns manchmal vor schwierige Aufgaben, die wir manchmal als »unlösbar« betrachten. Die meisten von uns finden aber doch einen Weg, um das Problem zu meistern. Allein oder mit Hilfe. Das ist egal. Hauptsache ist, dass es danach weiter geht. Jedes gelöste Problem hinterlässt einen Baustein an Lebenserfahrung in uns und einen unbezahlbaren Schatz an Hilfspotential für unsere eigenen »Hände«. Und es fördert das Selbstvertrauen und das Vertrauen in die Menschen. Und Vertrauen schafft Ruhe in der Seele.

Was möchtest du werden, wenn du groß bist?

Jedes Kind hört mindestens einmal in seinem jungen Leben diese Frage. Die Antworten sind breit gefächert. Feuerwehrmann, Briefträger, Astronaut, Köchin, Friseurin, Bürgermeister, »reich«, »so schön wie XY«, … Diese Aufzählung ließe sich beliebig fortsetzen.

Was man dann »wirklich« wird, hängt von den Möglichkeiten ab, die einem geboten werden und den Fähigkeiten, die man entwickelt. Oft, ja fast immer, ist der »Berufswunsch« der Kindheit im Laufe der Jahre verblasst und der Mensch wird »irgendetwas Gescheites«, verdient seinen Lebensunterhalt, erntet Erfolge und lernt, mit Misserfolgen umzugehen. Die Berufe, oder besser Berufungen, verändern sich auch während eines Menschenlebens.

Bei Frauen kommt meist in einem bestimmten Alter die Veränderung Richtung »Hausfrau« und »Mutter«. Ob SIE dann ihren »Beruf« aufgibt oder nicht, hängt von den Umständen ab. Manchmal auch von der Anzahl der Kinder. Denn »Kinder-Erziehung« ist kein »Kinder-Spiel« … wenn man es richtig machen möchte!

All diese Schritte – vom Kindheitstraum bis zum Heute – habe ich »beschritten«. Ich habe vieles erreicht und manches »abgeschrieben«; ich bin zwar noch immer auf der Suche nach der wahren Berufung, glaube aber, nun »meinen Weg« gefunden zu haben. Nicht dass ich meine »alten Berufe« an den Nagel hängen werde, aber da ist noch mehr zu tun …

* Ich möchte eine »Heilsalbe« sein … …,
   die auf die Oberfläche aufgetragen wird und langsam ins Innere einzieht. Dort hilft sie beim Heilungsprozess und be-

schleunigt ihn. Manchmal brennt diese Salbe beim Auftragen zwar auf der Haut, aber der Schmerz dauert nur kurz und dann bringt sie wahre Linderung.

* Ich möchte ein »**Felsen**« sein ... ...,
auf den man sich retten kann, wenn Gefahr droht oder hinter dem man sich versteckt, wenn starke Stürme wüten. An meiner Oberseite soll ein gemütlicher Platz sein, der einen guten Ausblick auf alles rund herum ermöglicht.

* Ich möchte eine »**Daunendecke**« sein ... ...,
in die man sich hineinkuscheln kann, wenn man friert. Weich und schwer zugleich. Überzogen mit einer Hülle aus weichen Fasern, die nach »Mama« duften. Kein »Frischeduft« aus der Weichspülerflasche... Meine persönliche »Duftnote«, die warme Erinnerungen wachruft und ein Gefühl der Sicherheit vermittelt.

* Ich möchte eine »**Eiche**« sein ... ...,
mit festem, dickem Stamm und breiter Krone. In meinem Schatten sollen Kinder lagern und ihre Spiele spielen, wenn's »unter der Sonne« zu heiß ist. In meinen Ästen sollen Baumhäuser gebaut werden, von denen aus man bis zum »Ende der Welt« schauen kann. Meine Krone soll ein Platz für die Vögel sein, die ein Haus für ihre Nester suchen um ihre Jungen großzuziehen. Meine Blätter sollen Heimat für »Puppen« sein, die darauf warten, zum Schmetterling zu werden.

* Ich möchte eine »**Quelle**« sein ... ...,
ein klarer Bach, der plätschernd über Steine und Geröll springt, irgendwann in einen ruhigen Fluss und am Ende ins Meer mündet. An meinem Wasser sollen sich müde Wanderer niederlassen, sich erfrischen und kleine, flache Steine »platteln«

lassen. Mein Plätschern soll ihnen helfen, sich zu entspannen und neue Kraft zu schöpfen. Kinder sollen »in mir« aus Steinen Dämme bauen und mein Wasser aufstauen um Wasserräder anzutreiben oder kleine Rindenboote schwimmen zu lassen. Ganz aufhalten werde ich mich aber nicht lassen.... Wenn's zu viele Dämme sind, springe ich darüber oder suche mir einen anderen Weg um an mein Ziel zu »fließen«.

* Ich möchte eine »**Lampe**« sein ... ...,
   die Licht ins Dunkel bringt. Kein Flutlicht-Scheinwerfer... einfach nur eine kleine Lampe, die freundliches, warmes Licht ausstrahlt. Eine Petroleumlampe vielleicht, bei der man noch eine echte Flamme sieht, die sich bewegt, wenn ein Luftzug sie trifft. Der brennende Docht ist durch einen Glaszylinder geschützt und sie strahlt auch Wärme aus. Man kann sich zwar die Finger verbrennen, wenn man ihr zu nahe kommt, aber mit ein bisschen Vernunft und Vorsicht ist sie ein gutes Hilfsmittel um sich zurecht zu finden.

* Ich möchte ein »**Vogel**« sein ... ...,
   der frei und ungebunden seine »Spuren in den Himmel zieht« und sich von den Luftströmungen tragen lässt. Er fliegt nie ganz alleine. Immer sind Gleichgesinnte in seiner Nähe. Sie beengen ihn nicht, da sie gebührenden Abstand halten, und er ist nie einsam. Im Herbst folgt er seinem Instinkt und fliegt Richtung Süden, in wärmere Gefilde, um den eisigen Winterstürmen zu entkommen. Er kehrt aber im Frühling, sobald es das Wetter zulässt, wieder in seine »Heimat« zurück und erfreut mit seinem Gesang so manchen Naturliebhaber zu früher Morgenstunde.

* Ich möchte eine »**Bärin**« sein ... ...,
   die liebevoll ihre Jungen großzieht. Sie beschützt sie vor der Kälte des Winters und bietet mit ihrem warmen Fell einen

guten Spielplatz für die Kleinen. Im Frühling weist sie ihren Nachkommen den Weg aus der Höhle und zeigt ihnen, wie man sich im Leben »durchbringt«. Nicht nur Jagd und Futtersuche stehen dann auf ihrem »Lehrplan«, auch den Kampf und die Verteidigung müssen die Kinder lernen. Geübt wird im Spiel; vorerst sanft und verhalten, später »wirklichkeitsnaher«.... Diese Fertigkeiten müssen »sitzen«, bevor die Jungen die Bärin verlassen, um ihre eigenen Wege zu gehen. Eine Bärin weiß auch instinktiv genau wann der richtige Zeitpunkt gekommen ist, ihre Jungen »vor die Tür« zu setzen, damit sie auf ihren eigenen Beinen stehen. Diese »Loslösung« setzt sie auch mit allen, ihr zur Verfügung stehenden, Mitteln durch. Nur dadurch kann die Art erhalten werden und sich die Bärin »anderen, neuen Aufgaben« zuwenden.

* Ich möchte ein »**Delfin**« sein ... ...,
der in den »blauen Tiefen der Ozeane« seine Heimat hat. Wenn ihm nach Spiel und Spaß zumute ist, kommt er an die Oberfläche und begleitet Segelschiffe ein Stück ihres Weges. Er unterhält sie mit seinen tollkühnen Sprüngen und Kunststücken, genießt den Applaus und ... taucht dann wieder hinab ins Reich der Stille und der Anmut.

Ich möchte jede Faser meines Körpers
                SPÜREN.

Ich möchte jeden Winkel meiner Seele und meines Geistes
                KENNEN LERNEN.

Ich möchte   **LEBEN!**

Aus, Schluss, Basta ... oder doch etwas Anderes?

Alles hat ein Ende, nur die Wurst hat zwei.« Auch das Leben hat eines, irgendwann. Für den einen früher, für den anderen später. Aber das Ende kommt, todsicher. Es gehört zum Leben, wie die Geburt. Wie Freud und Leid, wie Lachen und Trauer, wie Ruhe und Trubel, wie Liebe und Hass, wie Hunger und Völlegefühl, ...

Der Tod ist auch kein »lustiges« Thema. Viele Erwachsene haben da so ihre Probleme. Und erst die Kinder! Die verstehen den Tod überhaupt nicht. Wie auch? Können wir Erwachsenen auch nur das körperliche Ende »begreifen«. Auf das was danach kommt können wir nur glauben und darauf vertrauen. »Aus, Schluss, Basta«, sagen die einen. Umfallen, aufhören zu atmen, das Herz steht still, ins Grab gelegt werden, zerfallen zu Staub. Punkt. Das war's!

»Der Tod ist der Beginn eines neuen Lebens!«, sagen die anderen. O.K., das mit dem »Aufhören zu atmen bis hin zum zerfallen zu Staub« stimmt, aber dann geht's weiter! Nur anders und anderswo! Und das »WO« meine ich jetzt nicht unbedingt geographisch. »Wiedergeburt«, »Walhalla«, »das »Paradies«? Unterschiedliche Religionen, unterschiedliche »Letzte Orte der Freude«. Es ist doch ein schönes Gefühl, wenn man an den Tod denkt oder mit ihm konfrontiert wird, das »Licht am Ende der Straße« zu sehen! Macht das die ganze Sache nicht ein bisschen leichter? Egal ob oder welchem Glauben man angehört.

Keiner von uns »geht« gerne. Jeder hofft auf ein schmerzloses, sanftes Ende. Es gibt aber keine Garantie oder Zaubermittel dafür. Die Entscheidung wann und wie wir »gehen« liegt nicht bei uns. Das müssen auch Atheisten akzeptieren. Aber wenn man vorbereitet ist und keine »Todes-Angst« hat, ist der letzte Gang vielleicht etwas leichter. Vielleicht hilft auch der Glaube an das »Danach«, sich nicht von düsteren Gedanken zermalmen zu lassen.

Mir hilft der Gedanke an das »Nachher«, das Unausweichliche mit relativer Gelassenheit herankommen« zu lassen. Natürlich hoffe ich, dass ich gesund bleibe, steinalt werde, meine Kinder aufwachsen sehe und meine Enkel in den Armen halten kann, im Vollbesitz meiner geistigen und körperlichen Kräfte. Aber fix damit rechnen kann ich nicht. Der Herr wird entscheiden, was ich von meinen Plänen noch verwirklichen kann; er sagt wann es Schluss ist. Aber ich werde meine Enkel, so mir welche »geschenkt« werden, in jedem Falle sehen! So wie meine Großmütter und -väter, mein Vater und einige »alte« Freunde, die bereits »vorausgegangen sind«, MICH und meine Kinder sehen. Manchmal kann ich sogar den einen oder anderen spüren.... Das bestärkt mich in meinem Glauben an das »Danach«! Und es stärkt mich für die Aufgaben des täglichen Lebens. Für den Alltag, mit all seinen Höhen und Tiefen, bis hin zum unvermeidlichen Tod.

Danach werde ich, hoffentlich, von meinen Kindern »gespürt« werden, wenn sie an mich denken und in den Sternenhimmel schauen. Keine Trauer, nur Vertrauen! Und dass sie dabei das »warme Gefühl der Geborgenheit« in sich spüren. Das wünsche ich mir; das wäre mein »Paradies« …

Das Leben eine Tragikkomödie

Das Leben ist wie eine Theateraufführung. Mehrere Akte, wechselndes Bühnenbild, diverse Akteure, Publikum und … … ein Autor und Regisseur.

Im Laufe dieses Stückes treten diverse Personen auf, die unterschiedlichste Rollen und Charaktere spielen. Manchmal gibt's Doppelrollen und hin und wieder verändert der Autor den Charakter oder die Wichtigkeit einer Rolle. Ganz wie es ihm beliebt oder wenn sich ein Schauspieler als begabter herausstellt, als er bei der Besetzung der Rolle erschienen ist.

Besetzungsplan für »Das Leben«

»Der strahlende Held«
Eine der beliebtesten Rollen. Der Darsteller: groß gewachsen; blendendes Aussehen; sonnengebräunte Haut; meist blondes oder pechschwarzes und glänzendes Haar; aufrechter Gang; majestätisches Gehabe; sichere, getragene Stimme; ein fester Blick, der einem durch und durch geht.

Wenn ER auftritt, verstummt auch das letzte Plaudertäschchen im Publikum und alle anderen Akteure treten freiwillig in den Hintergrund und richten ihre Blicke auf IHN. Meist gibt's auch Auftrittsapplaus, für den sich der »Held« mit einem verhaltenen Kopfnicken und einem huldvollen Lächeln beim Publikum bedankt. Während des Stückes kämpft er für das Gute, befreit Jungfrauen, kleine, blonde Kinder oder eine »zittrige Großmutter« in Bedrängnis, besiegt dunkle Gestalten – natürlich auch wenn diese in der Überzahl sind! – und überlebensgroße Drachen fast »mit links« …

Einen frenetischen Schlussapplaus garantiert auch ein »schöner Tod« des »Helden«, während dessen er sich malerisch – und sehr, sehr langsam – zu Boden sinken lässt. Nach ein paar getragenen, huldvollen Sätzen, haucht er sein letztes »Bühnen-Adieu«, schließt seine treuen Augen für »immer« und bleibt regungslos in der Mitte der Bühne liegen.

Bei diesem Anblick treten sogar dem hartgesottensten Theaterbesucher die Tränen in die Augen. »Na, so ein schöner Tod!«, denkt er sich dann und seufzt. Beim Schlussapplaus fliegen dann ein paar Rosen auf die Bühne und das Publikum erhebt sich von den Sitzen. »Standing ovations …« mit Freudentränen der Erleichterung, dass ER sich doch wieder erhoben hat und nicht »wirklich« von ihnen gegangen ist.

»Die furchtlose Heldin«

»Der strahlende Held« – nur weiblich. Blond, aber mit gebändigter Mähne, stattliche Person, kräftige Stimme, sicherer Schritt,.... Ihre Tätigkeiten, resp. Aufgaben im Stück ähneln denen des »Helden«, nur dass sie so zwischendurch noch ein paar gesunde, starke Kinder zur Welt bringt, während sie »rettend« und »kämpfend« über die Bühne fegt. Am Ende des letzten Aktes stirbt sie auch – zwar später, weil sie zäher ist und mehr aushält, weniger theatralisch als der »Held« und viel schneller – oder … sie geht für immer und ewig ins Kloster.

Für manche Männer im Publikum ist dieser Charakter sicher erschreckend und »unweiblich«. Diese Männer haben alle eine »richtige Blondine« als Ehefrau oder Freundin zu Hause, die geduldig und in Seide gehüllt deren Heimkehr aus dem Theater erwartet um ihnen ihr »schweres Leben« zu erleichtern und sie gesund zu pflegen.

»Der Böse«

Mittelgroß, verschlagene Augen, leicht gebückte Haltung, schleppender Gang, fahle Gesichtsfarbe, dunkles Haar, »dunkle« Stimme, die hin und wieder an eine knarrende Türe erinnert und … dunkle Kleidung. Bei seinem Erscheinen auf der Bühne halten die meisten Zuschauer den Atmen an. Ein kalter Schauer läuft ihnen über den Rücken und sie sind heilfroh, in diesem Moment nicht auf dieser Bühne zu stehen.

Der »Böse« agiert natürlich *böse*. Er entführt Jungfrauen oder Kinder, verwandelt sie womöglich in irgendeine hässliche Kreatur oder lässt sie quaken wie ein Frosch. Seine Gedanken kreisen unaufhörlich um das Ziel, Menschen zu verletzen oder den eigenen Profit zu steigern … Natürlich wird »Der Böse« am Ende vom »Helden« oder der »Heldin« beseitigt, oder der Autor lässt ihn im letzten Akt des Stücks einen Sinneswandel durchmachen, wodurch der »Böse« dann zum »bekehrten Guten« wird.

Das gibt dem Stück noch ein bisschen mehr Würze und das Publikum ist auch erleichtert, dass es den Glauben an das Gute doch nicht »in den Wind schreiben« muss. Auch für IHN gibt's dann großen Schlussapplaus, obwohl den meisten Zuschauern noch immer sein Charakter/Äußeres vom Anfang des Stückes eine leichte Gänsehaut über den Rücken laufen lässt.

»Die Böse«

Bei dieser Rolle ist die Körpergröße und das Aussehen nicht so wichtig. Hauptsache sie hat dunkles Haar und stechende Augen. Das Stimmrepertoire muss aber gewaltig sein. Vom weichen Säuseln bis hin zum hexenmäßigen Krächzen muss diese Darstellerin alles »drauf haben«.

»Die Böse« raubt, alleine oder gemeinsam mit »dem Bösen«, kleine Kinder und Jungfrauen, verhext holde Jünglinge oder sie quält alte Leute aus Spaß oder aus Gewinnsucht. Zum Kräfteschöpfen und um sich neue Bosheiten auszudenken, zieht sie sich entweder in eine spinnweben-dekorierte Höhle oder in einen Luxuspalast mit Dienerschaft zurück. Zu neuen Schandtaten bereit, tritt sie dann wieder auf und lehrt das Publikum das Gruseln.

Bei dieser Rolle sind sich die Zuseher nicht unbedingt sicher, ob sie ihren Augen trauen können, wenn »Die Böse« so angelegt ist, dass sie als »optische Schönheit« auftritt und sich erst im Laufe des Stücks herausstellt, dass sie durch und durch verdorben ist. »Dass man sich so in einem Menschen täuschen kann?«, denken manche dann und einige, wenige nehmen diese Erkenntnis dann nach dem Theater ins »echte Leben« mit. Die anderen werden sich beim nächsten Mal wieder wundern, wie leicht man sie täuschen kann …

»Der Schöngeist« und »Die Liebliche«

ER: Blonder Jüngling mit lockigem Haar, meist »blauäugig«, mit sanfter Stimme, zerbrechlicher Gestalt und heller, verspielter Kleidung. Dieser Schauspieler hat keine allzu anstrengende Rolle. Meist sitzt er auf einem Felsen oder einem moosbewachsenen Baumstumpf herum, blickt selig lächelnd 'gen Himmel – respektive Beleuchtung – und denkt ununterbrochen über »Gott und die Welt« nach …,aber ohne die unangenehmen Dinge des Lebens mit seinem »Schöngeist« zu berühren.

SIE: Blondes, zarthäutiges »Wesen«, elfenhaftes Äußeres, meist auch »blauäugig« und »langwimprig«. Kleidungsfarbe: hellblau, lauchgrün oder mattgelb … Dieser Charakter schwebt während des Stückes, »Blumen pflückend« oder »Blätter aus Bächen herausfischend«, leise singend oder sanft seufzend durch das Bühnenbild. Man muss schon als Schauspieler sehr gut sein, um diese »Unberührtheit« und »Dem-Leben-Entrücktheit« glaubhaft darstellen zu können. Begnadet sind jene, denen diese beiden Rollen auf den Leib geschrieben sind.

Am Ende des Stücks gesteht *ER* dann »endlich«, nach stundenlangem »Darüber Nachdenken«, der »Lieblichen« seine Liebe und die beiden ziehen Händchen haltend und verklärt lächelnd von dannen.

Auch hier Applaus und Publikums-Seufzen. »Ach ist das schön, wenn sich zwei so lieb haben!«. Dass die beiden Schauspieler aber vor lauter »lächeln und sich gegenseitig in die Augen schauen« hinter dem Vorhang den Rand der Bühne übersehen und sich beide bei dem unvermeidlichen Sturz die Arme oder Beine brechen, sieht das betörte Publikum nicht. Der Schlussapplaus hält noch an, während beide bereits vom Rettungsdienst ins Spital gebracht werden …

»Der Einfältige«
Auch bei dieser Rolle ist nicht unbedingt ein »Schönling« erforderlich um den Charakter glaubhaft darzustellen. Wichtig ist, dass ER sich sowohl »einem Herren dienend« fortbewegt, als sich auch tief genug bücken kann, um – wenn er nicht gerade furchtbar mit »Dienen« beschäftigt ist – seinen Kopf in den Sand zu stecken. Auch »Hofnarren-Talent« ist erforderlich. So sieht er sein Elend gar nicht und ist mit seinem Leben zufrieden.

Das Publikum hat zwar Mitleid mit dem armen Tropf, aber wirklich lieben tun sie ihn nicht. »Armes Schwein, ohne genug

Selbstachtung!« steht dann in der Kritik. Eine sehr undankbare Rolle… außer der Autor hat doch Erbarmen und öffnet dem »Einfältigen« im letzten Akt doch noch die Augen. Die letzten Momente verbringt der »Erleuchtete Einfältige« dann zwar wild um sich schlagend, aber mit aufrechter Wirbelsäule. Sehr oft hört man, dass er dann ab der nächsten Vorstellung als Zweitbesetzung für den »Strahlenden Helden« auf dem Besetzungsplan steht.

»Die Unschuld«
Blondes Weibchen, wiederum blauäugig, kämpft sich sanft durch das Leben und tut Gutes, wo sie nur kann. Meist wird sie aber vom bösen »Gegenspieler« entführt und eingesperrt, jedoch überraschend gut behandelt und gefüttert, denn auch »das Böse« kann sich der Anziehungskraft der »Unschuld« meist nicht entziehen. Auch in Gefangenschaft verliert sie nie den Mut und schaut sich nach ihrem Retter die Augen wund, der in Gestalt des »strahlenden Helden« am Ende des letzten Aktes auf einem weißen Pferd, ein glänzendes Schwert schwingend, zur ihrer Befreiung naht. »Bekommen« tun sich die beiden nicht, da *SIE* zu unschuldig und *ER* zu strahlend ist.

Sie schwört ihm abschließend ewige Dankbarkeit und Freundschaft; er ihr ewigen Schutz vor den bösen Mächten. Das Publikum seufzt erleichtert und die beiden treten, unter applaudierender Anteilnahme, von der Bühne ab.

»Der Hexer« und »Die Hexe«
Diese beiden Rollen sind vom Autor bereits als so böse angelegt, dass eine Steigerung gar nicht mehr möglich scheint. Der äußeren Erscheinung wird vom Autor keine große Bedeutung beigemessen, Hauptsache hässlich und »*durch und durch böse*«. Das Publikum hat mit diesen beiden Rollen weniger Berührungsängste, als mit »Der/Dem Bösen«. Hier weiß man, woran

man ist und ist sich sicher, dass es sich hierbei um Fantasie-
gestalten handelt. »So böse und durchtrieben kann ja niemand
im echten Leben sein!«, denken sich die Zuseher und betrachten diese beiden Darsteller aus sicherer Entfernung, zwar mit
Respekt aber ohne wirkliche Angst. Auch die beiden Darsteller
ernten frenetischen Abschluss-Applaus und auch hier landen
wieder ein paar Blümchen auf der Bühne.

»Der Weise« **und** »Die Weise«
Für diese Rollen müssen die Darsteller so richtig alt sein. Weiß-
haarig, gebückte Haltung, von Falten zerfurchtes Gesicht, »ge-
brechliche Stimme«. Leider sind diese beiden Charaktere sehr
kleine Rollen. Sie geben nicht viel her … zumindest in den
Augen des Publikums. Meist steht nur ein einziger Auftritt
in einem einzigen Akt – meist auch noch erst gegen Ende des
Stücks – zur Verfügung, um ihr Können zu zeigen. Auch die
rhetorischen Möglichkeiten sind begrenzt. Ein bis zwei Sätze,
vollgestopft mit »Lebensweisheiten aller Art«, selten kurzer
Zwischenapplaus, Abtreten von der Bühne und hinter dem
Bühnenbild warten bis der »Strahlende Held« malerisch ge-
storben ist und der letzte Vorhang fällt.

Diese beiden Rollen sind reserviert für den »Schöngeist« und
die »Liebliche«, wenn sie »in die Jahre gekommen« sind, quasi
als Altersversorgung. Die Schauspieler wirken zwar jahrelang
in demselben Stück mit, werden aber meist vom Publikum
nicht wieder erkannt. Ihre Namen wurden nie »gemerkt« und
geraten dann gänzlich in Vergessenheit. Für Künstler keine
Traumrollen.

Dieser »Besetzungsplan« erhebt noch keinen Anspruch auf
Vollständigkeit … Ich bin noch immer dabei, weitere »Rollen«
zu durchleuchten und deren Eigenschaften richtig zu formu-
lieren, um sie zu Papier zu bringen …

Egal, welche Rolle ich derzeit selbst spiele. Alles ist ausbau-

fähig, es gibt Umbesetzungen während der Spielzeit, Doppelrollen oder einen plötzlichen, unvorhergesehenen Gesinnungs-
wandel des Autors, der ihn zur Veränderung des Charakters
einer bestimmten Rolle veranlasst. Der Autor lässt sich aber
ungern bei seiner kreativen Arbeit durch »eindringliche, wohlgemeinte Ratschläge« der Akteure stören. Das sollte man in
jedem Fall beherzigen …

Manchmal habe ich das Gefühl im Publikum zu sitzen und
den Akteuren – auch mir selbst … – bei der Darbietung zuzusehen. Die Hauptsache für mich ist aber:

»ICH BIN DABEI UND SPIELE MIT!«

Der Zauberwald

Vor langer Zeit lebte am Rande eines dunklen Waldes ein Zauberer. Über sein Alter rätselten die Leute seit langem. Er war immer schon da und lebte immer schon in der alten, halb verfallenen Hütte am Rande des Waldes. Die Menschen kamen zu ihm, wenn irgendwo »der Schuh drückte« und sie alleine mit ihrem Problem nicht zurande kamen. Eines Tages kam ein junger Mann zu dem Zauberer und klagte ihm sein Leid. Er wusste nicht, was er werden und wo er leben sollte und was ihn glücklich machen würde. Der junge Mann hatte schon einiges hinter sich und gelernt, dass »Augen zu und durch« eine gute Taktik ist, um weiter zu kommen. Der Zauberer hörte dem jungen Mann aufmerksam zu und schaute ihm tief in die Augen. Das machte er bei jedem so, der zu ihm kam. Man hatte fast den Eindruck, er könne bis in den letzten Winkel der Seele sehen und den meisten Menschen gruselte es ein wenig, bei diesem Gedanken.

Nachdem der junge Mann sein Herz ausgeschüttet hatte, stand der Zauberer auf und holte einen großen Sack aus einer Truhe. Er erklärte dem jungen Mann, dass dieser Sack mit »Zeit« gefüllt wäre und sich nicht öffnen ließ. Er sollte sich nun, mit diesem Sack am Rücken, aufmachen und den Zauberwald durchqueren. Am anderen Ende des Waldes würde der junge Mann dann sein »Glück« finden und all seine Fragen zum Sinn seines Lebens wären beantwortet. Der junge Mann dankte dem weisen, alten Mann und machte sich auf den Weg. Bereits nach wenigen Metern musste er sich durch stacheliges Dickicht kämpfen. Nach seinem bisherigen Lebensmotto nahm er all seinen Mut zusammen und sagte zu sich: »Augen zu und durch!«. Die Dornen zerrten an seiner Kleidung, die Stacheln hinterließen tiefe Kratzer an seinen Armen und Beinen, knorrige Äste schlugen ihm ins Gesicht und manchmal war der Boden so uneben, dass er stolperte. Dennoch ließ er sich nicht entmutigen und erreichte nach einiger Zeit das Ende des Dickichts. Erschöpft ließ er sich in die Wiese fallen, lehnte sich an seinen »Zeitsack« und beobachtete die bunten Schmetterlinge, die seinen Kopf umflatterten. Bereits nach kurzer Zeit aber trieb es ihn weiter. »Schnell, schnell!«, dachte er, »Wer weiß, wie weit es noch ist? Wer weiß, wie viel Zeit noch im Sack ist?«

Nach wenigen Metern gelangte er zu einer Schlucht, die ihm den Weg versperrte. Die Felswände fielen steil ins »Bodenlose« und er konnte nicht erkennen, wie tief die Schlucht war. Der junge Mann hatte seit jeher Angst vor Höhe und Tiefe und so trat ihm der Angstschweiß auf die Stirn. Um dieses Hindernis auf seinem Weg zu überwinden, flocht er aus robusten Kletterpflanzen mühsam ein langes Seil, band es um einen dicken Baum und sagte zu sich: »Schnell, schnell! Augen zu und durch!«. Er ließ sich schnell wie möglich, mit fest geschlossenen Augen, in die Tiefe gleiten, um so bald wieder festen Boden unter den Füßen zu haben. Nach einiger Zeit spürte er, dass seine Füße wieder festen Halt hatten und der Untergrund ihn tragen konnte. Er öffnete die Augen und atmete erleichtert auf. Er war sehr stolz auf sich …

Durch die Schlucht kämpfte sich ein eisiger Wildbach seinen Weg. »Schnell, schnell!«, dachte der junge Mann, »Keine Zeit verschwenden!« und sprang mutig in den reißenden Bach. Bereits nach wenigen Metern waren seine Glieder so steif, dass er sich kaum noch bewegen konnte. »Augen zu und durch!«, sagte er zu sich und kämpfte sich immer wieder zum Luft holen an die Oberfläche. Der Zeitsack, den er noch immer am Rücken trug, war ihm keine große Hilfe. Kurz bevor ihn seine Kräfte ganz verließen und sein Blut fast die Temperatur des Baches angenommen hatte, erreichte er den Ausgang der Schlucht und ließ sich bei einer Sandbank ans Ufer spülen. Der Wildbach hatte bereits einiges an Wildheit verloren, aber das war dem jungen Mann in seinem erbärmlichen Zustand gar nicht mehr aufgefallen. Er war nur froh, der Strömung entronnen zu sein und das Ganze halbwegs unbeschadet überstanden zu haben. Die Sonne tat ihm gut und erwärmte seine durchgefrorenen Glieder. Er lehnte sich an seinen dicken Sack und genoss die kurze Zeit der Entspannung …

Wenig später machte er sich wieder auf den Weg. Nun lag eine steinige Wüste vor ihm. Kein Schatten spendender Baum, kein Fluss, kein Bach; nur Steine, Sand und gleißende Sonne. »Schnell, schnell! Augen zu und durch!«, sagte der junge Mann zu sich selbst und durchquerte die Wüste. »Immer gerade aus! Immer der Nase nach!«.

Nach einiger Zeit war die Hitze kaum noch zu ertragen und er brauchte all seine Kraft, um sich selbst zum Weitergehen zu überreden. Die Zeit schien ihm endlos, als er sich so durch die Trockenheit schleppte. Aber am Ende des Tages, als sich die Sonne langsam hinter die Berge zurückzog, hatte er es geschafft und er erreichte den Rand der Wüste. Er ließ sich unter einer alten Eiche nieder und fiel in einen tiefen Schlaf …

Im Traum trat der alte Zauberer an seine Seite und bot ihm klares Wasser und frisches Brot an, um sich zu stärken. Dann fragte er ihn, wie es ihm denn bisher so ergangen wäre. Der junge Mann erzählte von den schrecklichen Dornen und Stacheln im Dickicht; der steilen, fast unüberwindlichen Felswand; dem reißenden, eiskalten Wildbach; der endlosen, heißen Wüste und all den Qualen und Strapazen, die er über sich ergehen ließ und die er mutig überstanden hatte.

Der Zauberer hörte wieder aufmerksam zu und schüttelte dann seinen faltigen Kopf. Er fragte den jungen Mann, ob dieser nicht den kleinen Kobold gesehen hätte, der am Rand des Zauberwaldes auf ihn gewartet hatte und ihm einen gangbareren Weg durch das Dickicht hätte zeigen sollen; und auch nicht die Elfen, die am Rande der Schlucht wohnten und ihm einen, zwar längeren, aber sanften Steig ins Tal hätten zeigen wollen, dessen Ränder duftende Blüten und seltene Gräser gesäumt hätten. Am Ufer des reißenden Wildbaches hätte eine Wasserfee auf ihn gewartet, die ihn in ihrem Boot sicher und trocken aus der Schlucht herausgebracht hätte. Auch die beiden Paradiesvögel, die über des jungen Mannes Kopf gekreist waren, als dieser die Wüste durchquerte und die ihn zu den versteckten Oasen hätten führen sollen, blieben ihm verborgen … Wieso hatte sich der junge Mann nicht umgesehen? Nicht genauer hingesehen, ob, abgesehen von seiner »Augen zu und durch-Lösung« nicht doch ein anderer Weg der bessere, weniger schmerzvolle, gewesen wäre. Auch die kleinen Schönheiten am Wegesrand, die guten Gespräche mit der charmanten Wasserfee und den ergreifenden Anblick der Paradiesvögel, hatte sich der junge Mann entgehen lassen. »Wieso?«, wollte der Zauberer von ihm wissen.

Der junge Mann musste nicht lange über seine Antwort nachdenken und antwortete sofort. »Ich hatte keine Zeit! Ich wusste nicht, wie viel Zeit noch in meinem Zeitsack war? Also handelte ich nach dem Motto: Schnell, schnell! Augen zu und durch!« Da legte der Zauberer dem jungen Mann die runzlige

Hand auf die Schulter und öffnete den »Zeitsack« vor seinen Augen. Der war noch immer ziemlich prall gefüllt, jedoch war sein Inhalt gefärbt in den Farben des Schmerzes, der Angst, des Kampfes und der Entbehrungen. Er bot keinen schönen Anblick ...

Kein »Natur-Grün«, kein »Entspannungs-Blau«, kein »Gesprächs-Gelb« und keine Spuren von »Liebes-Rot« oder »Fantasie-Gold« waren zu entdecken. Alles in allem eine ziemlich triste Angelegenheit. Der junge Mann war erstaunt, dass er fast keine Zeit verbraucht hatte. Aber auch bestürzt über den erbärmlichen Anblick, den der Inhalt seines Zeitsackes bot. Gerade als er den Zauberer fragen wollte, weshalb die Zeit aus dem Sack nicht »schneller verronnen« sei, bemerkte er, dass er wieder erwacht war und allein unter der alten Eiche lag. Anfangs war er durch seinen Traum noch ziemlich verwirrt und dachte lange über die Worte des Zauberers und den Inhalt des Zeitsackes, der wieder fest verschlossen neben ihm lag, nach. Nach einiger Zeit erhob er sich aber wieder und machte sich erneut auf den Weg. Er wollte sein »Glück« finden und sein »Lebensziel«.

Nur wanderte er ab nun mit offenen Augen und sah sich um, um nicht wieder eines der wunderbaren Wesen und Gewächsen zu übersehen, die am Rand seines »Lebensweges« auf ihn warteten. Er wusste nicht wann und wo er auf sie treffen würde; er wusste nun aber, dass es sie gibt und dass sie seinen Weg und auch sein Leben bunt und abwechslungsreicher gestalten würden. Beim nächsten Blick in seinen »Zeitsack«, hoffte er, »wären dann alle Farben des Lebens vertreten« ...

Schmerzgrenze

Jeder Mensch kennt diesen Ausdruck. Die meisten verstehen darunter jene Grenze, die durch körperliche Sinneswahrnehmung empfunden wird. Sie ist erreicht, wenn's »wirklich weh tut« … Laute Geräusche, Hitze- oder Kälteempfinden, Nervenreize, grelles Licht …

All das kann als schmerzend empfunden werden, wenn es eine gewisse Intensität erreicht. Diese Grenze ist aber kein absoluter Wert. Sie ist individuell verschieden hoch oder niedrig.

Was ist aber mit den Einwirkungen auf die Gefühle und Empfindungen eines Menschen? Auch da gibt's eine persönliche Schmerzgrenze. Im Gegensatz zu den akustischen, thermischen oder mechanischen Beeinträchtigungen, die in Grad Celsius, Dezibel, Größe und Tiefe einer Verwundung oder dem Grad einer Verbrennung gemessen werden können, stehen hier keine Maßeinheiten zur Verfügung. Wer kann das Maß einer Kränkung einschätzen? Wer das Ausmaß von Sehnsucht oder enttäuschter resp. unerfüllter Liebe? Und welchen Schmerzpegel kann ein Mensch in seiner Seele ertragen, ohne daran zu zerbrechen? Lauter Fragen ohne klare, messbare und belegbare Antwort. Bei den »körperlichen Schmerzen« oder Verletzungen stehen auch diverse Präventiv-, Behandlungs- oder Heilmethoden zur Verfügung. Schutzkleidung, Salben, Tropfen, Operationen und Therapien.

Wie steht's aber mit der Behandlung des »Innenlebens«? Für einige Bereiche stehen Therapien zur Verfügung, die, wenn man genug Vertrauen zum Therapeuten hat und echtes Verständnis für die eigenen »Zustände« fühlt, erfolgreiche Heilung versprechen. Es bleiben zwar meist Narben auf der Seele, aber im Großen und Ganzen ist man wieder »gesund«. Bei manchen Gemütszuständen, wie zum Beispiel der Sehnsucht oder

der Liebe ist das Ganze aber nicht so einfach....... Sehnsucht oder unerfüllte Liebe werden von der Medizin auch nicht als pathologisch erkannt. »Na dann denk halt nicht mehr daran!« oder »Du musst lernen loszulassen!«, »Du brauchst kreative Ablenkung!« oder »Such dir einen Job, dann hast du keine Zeit mehr darüber nachzugrübeln.«. All das sind »wohlgemeinte Ratschläge« von guten Freunden, die nur dein Bestes wollen und die, bei einem erträglichen Maß an seelischem Schmerz, auch umsetzbar sind.

Die Frage ist nur, wo liegt die individuelle Erträglichkeitsgrenze? Sie ist nicht nur personenabhängig, sondern auch noch von Tagesverfassung und anderen Begleitfaktoren wie Schmerzkombinationen der »diversen menschlichen Abgründe« beeinflusst. Deshalb ist diese Schmerzgrenze auch so »unfassbar«. Der Eine leidet bereits beim ersten NEIN oder einer minimalen Zurückweisung seiner Person, der Andere schluckt und schluckt und atmet tief durch ... und schreit erst dann laut um Hilfe, wenn seine Seele zu zerbrechen droht.

Je höher die Schmerzgrenze in diesem Bereich liegt, desto gefährlicher wird es für den Betroffenen. Die Umwelt merkt oftmals gar nicht, dass dem Individuum Schmerzen zugefügt werden. Man sieht ja nichts. Der Mensch lächelt noch immer; benimmt sich ganz »normal«... nach außen hin.

Wie's innerlich aussieht, erkennt fast niemand. Manchmal nicht einmal man selbst. »Damit kann ich umgehen!« oder »Mich kann niemand verletzen!«, denkt mancher sich. Man glaubt auch selbst, alles ertragen zu können. Es gibt ja so viele »gute Gründe«, seine eigenen Gefühle nicht zu zeigen; besonders wenn es um »innerliche Verletzungen« geht. »Wie steht man denn vor den anderen Leuten da?«, »Was sollen sich den X oder Y denken, wenn ich zeige, dass ich verletzt wurde?«, »Ich zeig dem doch nicht, dass er mich tief getroffen hat und breite so meine seelische Verwundbarkeit vor ihm aus! Sonst kann er mich ab sofort absichtlich und vorsätzlich verletzen!«...Nur keine Gefühle zeigen; schon gar keine negativen. Die ganze Welt ist rosarot... notfalls mit entsprechend gefärbter Brille ...!!

Je mehr Lebenserfahrung ein Mensch hat und je weiter er seinen individuellen Entwicklungsweg gegangen ist, desto größer ist die Anzahl der »inneren Blutungen ohne dass Blut fließt«. Es hängt dann aber davon ab, welche persönlichen Heilmethoden dieser denkende Mensch für sich gefunden hat, um sein »Innenleben« wieder gesunden zu lassen und neue Kraft und Hoffnung zu schöpfen.

Der, meiner Meinung nach, beste Weg ist »wirklich zu fühlen«, in sich zu spüren, was einen selbst mit »good vibrations« ausfüllt; diverseste Aktivitäten, die Spaß machen oder Ansporn geben, zu neuen Ufern aufzubrechen; Stille und Ruhe zum Nachdenken und »geistigem« Verreisen. Und das ganze rechtzeitig, bevor »das Herz komplett gebrochen« wurde ...

Unser Körper, unser Geist, …

… ein Gebinde aus Muskeln, Nerven,
Haut, Zellen, Genen, …
… ein Gebilde aus Organen, Gliedmaßen,
Rumpf und Kopf.

Unser ganzes Leben lang im Einsatz, ohne Pause. Irgendwo,
in oder an, uns bewegt sich immer etwas. Jeder Körperteil ist
uns von Nutzen; wird mehr oder weniger oft gebraucht, um
etwas zu tun und Aufgaben zu übernehmen.

Der Rumpf beschützt unsere lebenswichtigen Organe. Er ist
die Burgmauer unserer Lebensfunktionen. Er wird meist mit
allerlei Zierrat dekoriert, herausgeputzt um »etwas darzustellen«, bietet oft Halt und Sicherheit wenn man sich an ihn lehnt
und er beherbergt »Neues Leben« … …

Die Arme und Hände greifen, tasten, heben, tragen, graben,
schreiben, blättern um, streicheln oder packen fest zu.

Die Beine und Füße tragen uns durch das Leben; sie laufen,
springen, zappeln, steigen, treten, klettern, strampeln, stamp-
fen auf, tanzen, um uns zu dienen. Nur selten versagen sie uns
ihren »Dienst«. … …

Die Schultern und der Rücken tragen Mäntel oder Jacken,
einen Rucksack oder eine andere »schwere Last«; Sie werden
gestreichelt, anerkennend geklopft oder ertragen »Strafe«, unschuldig aber geduldig.

Der Kopf ist unser Ausguck, der Wachturm.

Er trägt unsere **Augen** für die Welt um uns herum. So erkennen wir, »wo's im Leben lang geht« … Die Augen zeigen uns
unseren Weg … zumindest einen Teil davon.

Er beherbergt unseren **Mund**, mit dem wir Nahrung für die

Organe aufnehmen, uns unserer Umwelt mitteilen, Meinungen vertreten, unsere »Wahrheiten« verbreiten ...

Die **Ohren** belauschen die Umwelt. Sie informieren uns darüber, was so vor sich geht. Nicht immer sind sie aber auf den »richtigen Sender« eingestellt und so überhören sie manchmal das Wichtigste ...

Die **Nase** nimmt Atemluft und Gerüche auf, reinigt und befeuchtet sie; bei jedem Atemzug. Auch sie zeigt uns manchmal den Weg... zu den Wohlgerüchen dieser Welt. Sie bewahrt uns aber auch vor »Ungenießbarem« indem sie »sich rümpft« und zurückzieht.

Das **Gehirn** erbringt Hochleistungen. Von der ersten Sekunde unseres Daseins an bis zum Ende. Es forscht, koordiniert alles, gliedert systematisch, erkennt Probleme und erdenkt Lösungen dafür; es schafft die Grundlage für das geschriebene Wort und die Fähigkeit es zu erfassen; es ermöglicht uns, uns auszudrücken: Sprache, Malerei, Musik, Literatur, Wissenschaft, Philosophie.

Die **Organe** arbeiten am fleißigsten und, was die »inneren« betrifft, komplett unbedankt, und im Verborgenen. Leber, Milz, Magen, Blutkreislauf, Haut, Fortpflanzungsorgane, ...

Und dann ist da noch das **Herz.**

Ein mächtiger Muskel. Nicht größer als eine Faust, und dennoch: Unser wichtigster Bestandteil. Dieser Muskel ist im Dauereinsatz, um ununterbrochen Blut zu pumpen und den gesamten Körper mit Energie zu versorgen. »Damit hat er genug zu tun!«, meinen manche Menschen. »Wir wollen ihn nicht überstrapazieren!«.

Das Herz hat aber abgesehen von seiner Versorgungsfunktion noch eine wichtige Aufgabe. Es **fühlt** und **speichert Gefühle!** Leider ist bei vielen Menschen diese wichtige Aufgabe in Vergessenheit geraten. In der Jugend – wenn der Mensch zum Beispiel auf »Brautschau« ist – wird diese Aufgabe noch gut erkannt und das Herz hat viel zu tun. Leider wird es manchmal »gebrochen« und der »Besitzer« ist dann der Meinung, dass es ab sofort auf diesem Gebiet funktionsunfähig ist. Es wird »in Watte gepackt« und in einer schweren Kiste, tief im Innersten versteckt. Keiner soll es jemals wieder sehen oder berühren. Auch man selbst nicht, denn ... ... ES könnte wieder wehtun oder nochmals verletzt werden. Also gehen viele Menschen kein Risiko mehr ein. Man glaubt auch selbst nicht, dass der »Bruch« von damals wieder verheilt und das Herz dadurch noch stärker und widerstandsfähiger geworden ist. Also bleibt ES im Verborgenen und fristet lange sein ungenütztes Dasein ...

Schade, dass gerade unser »wichtigstes Stück« manchmal so ein elendes Schattendasein führt.... Aber das Herz wartet geduldig auf den richtigen Zeitpunkt, um uns zu zeigen, dass es noch da ist und seine Aufgabe gerne und gut erfüllen möchte und kann. Und dagegen kann man sich dann mit aller Kraft und all seinen anderen »Körperteilen« wehren.... Diese Kraftanstrengung ist jedoch bei einem »gesunden« Menschen im Normalfall nicht von Erfolg gekrönt.

Das Herz wird gewinnen,
denn es ist der geborene »Siegertyp«!!!

Du sollst nicht lügen!

Ja, Ja. Das stimmt. Bereits meine Mutter hat mir dieses Verbot mit erhobenem Zeigefinger »mitgeteilt«. In der Bibel steht's auch. Eines der 10 Gebote. Das 8., um genau zu sein. »Du sollst nicht falsches Zeugnis ablegen gegen deinen Nächsten«. Ich bin absolut davon überzeugt, dass man nicht lügen soll. Aber es gibt für mich ein paar Ausnahmen.

Ausnahme 1:

Ich erlaube mir zu lügen, wenn es niemandem schadet und gleichzeitig verhindert, dass jemand »verletzt« wird. Die schonungslose Wahrheit ist in meinen Augen nicht immer angebracht. Speziell dann, wenn sie mehr zerstört als aufbaut.

Ausnahme 2:

Ich »belüge meine Kinder«. So sehen es zumindest einige, wenige meiner Bekannten. Hier ein Beispiel: Das Christkind

Ich habe keine schönere, wärmere Erinnerung an meine eigene Kindheit als die, dass am Heiligen Abend das Christkind kommt. Hin und wieder habe ich *es* auch wirklich gesehen. In der Adventzeit, am Nachmittag oder abends, draußen am Fenster vorbei fliegen, oder am Heiligen Abend, durch's Schlüsselloch kurz bevor *es* geklingelt hat.

Vom Nikolaus war ich damals kein großer »Fan«. Der kam mit dem großen Buch, in dem all meine »furchtbaren Vergehen« notiert waren. Er war in meinen Augen über drei Meter groß und durch seinen dicken Bart etwas »undurchsichtig«. Bevor er kam, wurde uns Kindern noch mit dem Eintreffen des Krampus gedroht, was die Erwachsenen damals sehr lustig fanden. Ha, Ha, Ha! Sehr lustig für ein kleines Kind! Echt witzig, die Angst in den kleinen Kinderaugen zu sehen. Ja, ja, das »hat was«! So ein bisschen Adrenalin in den Kinderadern, das ist gut für den Kreislauf!

Egal. Ich bin nun erwachsen und habe eigene Kinder. Und die »belüge ich« zum Beispiel was das Christkind betrifft. »Natürlich gibt's das Christkind!«. Auch wenn manche kleinen Kinder bereits im Kindergarten etwas anderes behaupten: »Das machen alles die Mama und der Papa.«

Schade! Keine echte Vorfreude, außer auf die Geschenke und Packerl, der Christbaum wird womöglich bereits gemeinsam mit den Kleinen besorgt und aufgeputzt, keine Wunsch-Briefe, die von Engeln in der Vorweihnachtszeit vom Fensterbrett abgeholt werden, nur Bestell-Listen aus dem Katalog? …

Wo bleibt der erregte Glanz in den Kinderaugen, wo sind die roten Wangen vor Aufregung bereits lange vor Weihnachten, wohin ist der Glaube an das Christkind **und** das *Christuskind* verschwunden? Die materiellen Dinge sind nicht das, was wirklich zählt! Glauben heißt hoffen, vertrauen, Halt finden, … Also »belüge« ich meine Kinder weiterhin. So lange, bis sie alt genug sind, *diesen* »Glauben« zu verlieren. Dann sollten sie aber bereits soweit sein, dass der »andere Glaube« tief in ihnen gefestigt ist und sie auf dem »richtigen Weg« sind.

Denn meine »Lüge« ist so formuliert: » Ja, natürlich gibt es das Christkind. Es kommt zu allen Kindern, die daran glauben. Wenn ein Kind aber nicht (mehr) an das Christkind glaubt, werden die Eltern verständigt und die besorgen die Geschenke und den Christbaum, damit das Kind nicht enttäuscht ist.« So können meine Kinder selbst entscheiden, wann es soweit ist, ein bisschen erwachsener zu werden …

Lost and found, found and lost ...

Wie oft im Leben hat man schon etwas »verlegt« oder »verloren«. Manches bleibt verschwunden, wie vom Erdboden verschluckt, manches wird wieder gefunden. An den unmöglichsten Orten und Plätzen; zu Zeiten, die umgangssprachlich als »unchristlich« bezeichnet werden. Schlüssel, Handschuhe, Mützen, Führerschein, Handy, Schirm, einzelne Socken, Andenken, Adressen und Telefonnummern, Menschen, ...

Manchmal hilft es, intensiv nach den verloren geglaubten Dingen zu suchen. Man stirlt und stochert dann in allen Laden, Kästen, Taschen, Mantel- und Hosensäcken, überprüft bäuchlings die »unsichtbaren Bereiche« unter und hinter Tischen, Kommoden und Kästen. Befragt sein Kurz- und Langzeitgedächtnis, wo man gewesen ist und wann man ES zum letzten Mal gesehen oder verwendet hat. Wenn man trotzdem nicht fündig wird, werden alle Mitbewohner befragt, ob sie vielleicht das Verlorene gesehen oder verwendet und irgendwo achtlos liegen gelassen haben ...

Die Mühe wird sehr oft belohnt. Manchmal dauert es nur ein bisschen. Oft kommt auch der »Zufall« zu Hilfe ... Und dann ist alles wieder da! Diese »Such-Techniken« sind sehr ziel führend. Wenn es um Dinge geht. Leider funktionieren diese Techniken nicht bei Gefühlen. Auch wir Menschen können uns gegenseitig »verlieren«. Aus den Augen, aus dem Sinn, aus dem Herzen ... Bei zwischenmenschlichen Gefühlen beginnt die »Lost and found-Beziehung« aber mit dem »Finden«. Zwei Menschen finden sich; durch ein gutes Gespräch, durch einen »Augenblick«, durch ein gemeinsames Erlebnis. Was daraus wird, hängt vom unmittelbaren Lebensabschnitt oder der Lebenssituation der Personen ab. Bekanntschaft, Freundschaft, Nutzgemeinschaft, körperliche oder geistige Anziehung, Liebe, ...

Wie gesagt, es hängt vom Moment ab.

Im Laufe der Zeit lösen sich manche Verbindungen aber langsam wieder. Man entwickelt sich in unterschiedliche Richtungen weiter, »lebt sich auseinander«, verliert sich räumlich und gedanklich aus den Augen. Das »Verlieren« merkt man nicht. Es passiert einfach. Wie bei einem Handschuh, den man relativ unbedacht eingesteckt hat und der aus der Manteltasche rutscht und geräuschlos zu Boden fällt. Wenn man dann den Verlust bemerkt und wirklich spürt, dass man »etwas Wichtiges« verloren hat, versucht man meist, die gewohnten »Such-Techniken« anzuwenden. Vielleicht nicht alle, aber die »Befragung der Mitmenschen« führt man in jedem Falle durch. Nachdem Gefühle aber meist nicht einseitig entstehen, sondern es sich dabei um »zwischenmenschliche Beziehungen« handelt, an denen mindestens zwei Personen beteiligt sind, stellt man mit Erschrecken fest, dass nicht nur **ein** »Ding« verloren wurde, sondern »**ein Paar**« davon …

Durch »Such-Gespräche« und intensive Befragung des Anderen kann man dann vielleicht feststellen, WO man es verloren hat und vielleicht auch noch WIE und WANN. Das große Problem ist nur das »Wiederfinden«. Man kann sich nicht einfach bücken und ES aufheben oder unter alten Zeitungen herausziehen. Die Gefühle haben ihre eigene Technik, was das Finden und Verlieren betrifft. Sie sind von uns Menschen nicht steuerbar und niemals »willentlich« zu erschaffen. Das »Verlieren« ist durch uns noch leicht beeinflussbar. Meist tut der Alltag das seine und auch der Egoismus ist ein großer Helfer beim »Verlieren von Gefühlen«.

Nur das »Wiederfinden« ist das große Problem. Hier gelten die Gesetze von Chemie, Instinkt, Psyche, »Wellenlänge«, Zeit, höherer Macht,.......und das alles in perfekter Kombination aller Elemente. Dabei kann man sich die »Zähne ausbeißen«! Überhaupt dann, wenn man gewohnt ist, alles selbst zu steuern und unter Kontrolle zu haben. Je intensiver man dann danach sucht, desto geringer stehen die Chancen, ES wieder zu finden.

Es ist fast so wie bei einem lange nicht erfüllten Kinderwunsch«. Mann/Frau »probieren«, unterziehen sich Therapien, diskutieren mit Fachleuten, holen sich ununterbrochen Ratschläge ein, ... haben nur mehr ein »Lebens-Thema« und verkrampfen sich komplett dabei. Der ganze Körper und die Psyche fühlen sich dann stark unter Druck gesetzt und erzeugen massiven Gegendruck. Dann geht gar nichts mehr ...

Manchmal sucht man auch nach etwas, das man nie gehabt hat, weil man ES von Anfang an falsch bezeichnet hat. Besonders bei der »Liebe« irrt man sich oft gewaltig. Durch das große Bedürfnis nach diesem Gefühl, das in vielen Menschen steckt, lassen wir uns oft täuschen und glauben, ES ist Liebe, die wir empfinden. Auch weil die Liebe so viele unterschiedliche Gesichter und Formen hat, ist es sehr schwer, sie eindeutig zu identifizieren. Und, selbst wenn man das geschafft hat, verändert sich ihre Erscheinung im Laufe der Zeit und unsere Anforderungen an sie sind ebenfalls Veränderungen unterworfen.

Kinder lieben ganz anders als Jugendliche; Erwachsene in den »besten Jahren« anders als wenn wir unsere Lebensmitte überschritten haben. Auch werden wir anders geliebt, je nach dem in welchem Lebensabschnitt wir uns selbst befinden. Inhalte, Ausdruck und Prioritäten entwickeln sich weiter und verändern ihr »Gesicht«. Genauso wie ein Mensch sich im Laufe seines Lebens entwickelt und verändert. Wenn man dann aber etwas wieder zu finden versucht, das entweder in der Form nie bestanden oder sich im Laufe der Zeit stark verändert hat, wird man kläglich scheitern. Es ist wie bei einem Verwandten, den man sehr lange Zeit nicht gesehen hat. Wenn man ihn am Flughafen abholen möchte, wird man große Schwierigkeiten haben ihn wieder zu erkennen und ihn am Informationsstand ausrufen lassen müssen. Es dauert dann auch einige Zeit, bis man wieder mit einander »warm geworden« ist.

Auch ist nicht immer ein »Herzenswunsch« das, was wirklich gerade ins eigene Leben hineinpasst. Wir glauben nur, dass es genau das ist, was uns zum »perfekten Glück« fehlt. Gewissheit haben wir nicht. Der »allumfassenden Überblick« ist uns Menschen verwehrt. Wir sollten uns für »Mut und Demut« entscheiden. Wenn wir alles in unserer Macht getan haben und es funktioniert trotzdem nicht, dann ist's wahrscheinlich eine Frage der Zeit oder des Zeitpunkts oder eines anderen, wichtigen Faktors …

Meist ist der einzige Weg sich seinen Herzenswunsch zu erfüllen, sich seelisch und geistig zu entspannen und die Verkrampfung zu lösen. »Wenn's passt, dann passt's«, und wenn nicht, muss man sein Leben und seine Wünsche überdenken, überarbeiten und den persönlichen Umständen und Möglichkeiten anpassen oder neue Prioritäten setzen. Sonst verschwendet man unnütz Energie, Zeit, Gefühle, … und verliert den Blick dafür, was wirklich zählt.

Mut und Demut

Diese beiden Worte gehören zusammen. Sie sind wie Bruder und Schwester, wie Tag und Nacht; wie Sonne und Mond … Sie sind aber nicht wie Gut und Böse, denn sie widersprechen sich nicht. In meinen Augen sind sie auch nicht wie Stärke und Schwäche, sondern sie gehören beide zu den Stärken eines Menschen.

Mut: Viel Mut braucht man, um Dinge in Angriff zu nehmen, die vielleicht scheitern werden. Man braucht enorm viel Mut um sich zu überwinden, ein Risiko einzugehen. Egal ob es sich nun um Gedanken oder Taten handelt, mit denen man »anecken« könnte oder mit denen man sich selbst in »Gefahr« bringt. In Gefahr, die ruhigen, ausgetretenen Wege des Lebens zu verlassen und in unruhiges Fahrwasser zu kommen. Oft verweigern wir uns unserer Bestimmung, auch wenn es Möglichkeiten zur Veränderung und persönliches »Weiterkommen« bedeuten würde, aus Angst vor dem Unbekannten. Ohne Mut aber werden wir nicht wachsen. Wenn wir nicht den Mut aufbringen, über Dinge nachzudenken, aus Angst etwas zu entdecken, was uns nicht »schmeckt« oder nicht in unser »ruhiges« Leben hineinpasst, werden wir in unserem Innersten immer »unruhig« bleiben.

Der Mensch ist so programmiert, dass unliebsame Dinge und Eigenschaften einfach verdrängt und zugedeckt werden. Man will sich damit nicht auseinandersetzen, weil es anstrengend ist und wahrscheinlich Schmerz verursacht… wenngleich auch nur kurzfristig. So bleibt man stehen. Bewegt sich nicht mehr. Aus Angst, das »künstlich und kunstvoll« errichtete Luftschloss könnte erbeben und in sich zusammenstürzen. Im eigenen Kopf ist das Schloss auch nicht aus Luft, sondern aus Stein erbaut. Eine »optische Täuschung«, eine »Fata Morgana«

auf der Reise durch die »Trockengebiete unseres Lebens« …
Aus Angst vor Veränderung glauben wir in einem prächtigen
Garten zu leben. Wer jedoch den Mut aufbringt, sich dem
Unbekannten und den »Möglichkeiten« zu stellen, der hat die
Chance in ein »Paradies« vorzudringen. Auch auf Erden.

Demut: Demut ist die jüngere Schwester des Mutes. Sie ist die
Ruhige, die Besonnene, die Geduldige. Sie sieht unscheinbar
aus. Kein prächtiger Schmuck; keine imposante Persönlichkeit,
keine lauten Worte. Die Demut muss dann an unsere Seite treten, wenn der Mut, der einen zum Handeln befähigt hat, eine
»Niederlage« beschert hat. Nicht alle Wege, die wir in unserem
Leben mutig beschreiten, führen wirklich in das Paradies. Einige vielleicht, manchmal auch nur einer. Demut hilft uns,
unser Scheitern nicht als Niederlage zu betrachten, sondern
als neue Möglichkeit unsere Ziele und Träume nochmals zu
überdenken und ihren »Wert« für uns selbst zu überprüfen.

Ich habe den Eindruck, besser gesagt, ich bin der festen
Überzeugung, dass Gott uns oft »neue Lebenswege« anbie-
tet, damit wir »in Bewegung bleiben«. An mir liegt es dann,
zu entscheiden, ob ich die »Chance« ergreife und den neuen
Weg ausprobiere oder auf der Stelle treten, aus Angst vor dem
Unbekannten. Dazu braucht es Mut … und Demut, wenn ich
nach einiger Zeit erkenne, dass dieser Weg, so schillernd und
verlockend er mir auch erscheinen mochte, nicht »mein Weg«
ist. Sicher bin ich im Moment der notwendigen Umkehr enttäuscht, aber nicht verzweifelt. Denn ich muss nicht wieder
an den Ausgangspunkt zurück, sondern nur voll Vertrauen
ein kleines Stück des Weges zurückgehen und eine andere
Abzweigung ausprobieren. Da aber an den Weggabelungen
keine Hinweisschilder angebracht sind, auf denen »Glück« oder
»Unglück«, »Richtiger Weg« oder »Holz-Weg« steht, brauche
ich wieder meinen Mut mich für eine der Möglichkeiten zu

entscheiden. Mut den Weg auszuprobieren um zu sehen, wohin er mich führt.

Die Demut muss aber mein zweiter Wandergenosse sein, damit ich nicht Gefahr laufe, sehenden Auges in den »Abgrund der Selbstgefälligkeit« zu stürzen …

Sicherheit

Jeder Mensch hat das Bedürfnis nach Sicherheit. Man nennt es »Sicherheitsbedürfnis«. Was bedeutet das aber? Welche Sicherheit ist gemeint?

Bei manchen Menschen bedeuten die materiellen Dinge des Lebens Sicherheit. Sicheres Heim, sichere Familie, sicherer Freundeskreis, sichere Gespräche, sicheres Einkommen, sichere Pension, sichere Verkehrswege und Transportmittel, Haushaltsversicherung, Feuerversicherung, Haftpflichtversicherung, Unfallversicherung, Gepäckversicherung, Reiseversicherung, … Sie fühlen sich dann sicher und geborgen und glauben, glücklich zu sein.

Für mich bedeutet »Sicherheit« etwas Anderes. Natürlich lebe ich auch gerne »sicher«, ohne Sorgen um meinen Körper und meine Umwelt. Aber mir ist die »innere Sicherheit« viel wichtiger. Ich will sicher sein und es auch bleiben, was meine Entscheidungen betrifft. Wie die Entscheidung, Kinder zu haben. Dabei bin ich mir ganz sicher. Die Sicherheit, meinen Weg in meinem Innersten, klar zu sehen.

Die Sicherheit, dass »jemand« immer bei mir ist und mich sicher an der Hand führt. Wenn ich wanke oder stolpere, bin ich sicher, dass »seine Hand« mich festhält und wieder »auf die Beine bringt«. Ich bin aber auch sicher, dass meine Hand losgelassen wird um meine eigenen Entscheidungen zu treffen, wenn ich »sicher genug« bin. Ein gutes Gefühl der Sicherheit gibt mir auch, dass ich weiß, dass »Jemand« hinter mir steht um mich aufzufangen.

Ich bin auch sicher, dass ich meinem Herzen vertrauen kann, was meine Gefühle und meine Liebe betrifft. Aus einem zarten Gefühl wurde im Laufe der Jahre ein Fels, der den Stürmen des Lebens widersteht. Das macht mich sicher, auf dem richtigen

Weg zu sein. Und jeder, der sich auf diesen Fels rettet, kann sicher sein, nicht von den Wogen weggespült zu werden. Das Schlimmste was ihm passieren kann ist, dass er von der Gischt ein bisschen nass gespritzt wird.

Bei meiner Umwelt stößt meine Sicherheit nicht unbedingt immer auf Verständnis und »Gegenliebe«. Meine Stärke erzeugt Unwohlsein und Unsicherheit. Oftmals wird mir vorgeworfen, psychische Probleme zu haben oder »auf dem Trip« zu sein. Ich kann euch alle beruhigen. Ich habe keine psychischen Probleme. Ganz im Gegenteil. Ich habe meinen »sicheren Weg« gefunden und sehe ihn klar und deutlich vor mir; zumindest bis zur nächsten Biegung oder Gabelung.

Dann werde ich wieder die Entscheidung treffen müssen, in welche Richtung ich weitergehen soll … damit ich »mit Sicherheit« auf meinem Weg bleibe.

Was bringt das?

Was bringt das?« werde ich manchmal gefragt. Was soll *es* »bringen«? Dinge zu tun, die vielleicht einem anderen das Leben erleichtern oder neuen Schwung in eine Sache bringen.

Was soll *es* bringen? Geld? Ruhm? Öffentliche Anerkennung? Eine Ehrentafel? Sicher nicht. Zumindest gilt das für viele von uns. Wer auf die genannten Dinge wartet, wird ewig warten oder erst gar nicht damit anfangen »etwas zu tun«.

Vielleicht kostet *es* sogar etwas. Sicher kostet es Zeit. Unser kostbarstes Gut. Und auch Mühe, manchmal Schweiß und auch ein bisschen Geld. Aber bringt es nicht viel mehr als es kostet? Für einen selbst. Das gute Gefühl, etwas getan zu haben? Nicht alles was man tut, muss etwas bringen, was man greifen kann. Meist ist das »Unbegreifliche« viel mehr wert und verschafft mehr Befriedigung, als die materiellen Dinge. Und manchmal macht's auch Spaß und bringt etwas Abwechslung ins eigene Leben.

Viele Menschen seufzen und meinen »Die Welt ist in einem erbärmlichen Zustand. Wie's da zugeht. Kriege, Verbrechen, auch an der Menschlichkeit. Es ist echt zum Heulen!«. Es stimmt. Die Welt ist in einem erbärmlichen Zustand, im Allgemeinen. Was kann man da machen? Ich bin kein politischer Mensch und fühle mich leider nicht in der Lage, die Weltpolitik zu verändern oder den, bis in die Wurzeln gehenden Hass mancher Menschen auszulöschen. Was ich aber tun kann ist, etwas in meiner unmittelbaren Umgebung zu tun. Kleinigkeiten. Ohne großartigen Aufwand oder monatelange Vorbereitungen. Einfach hinzusehen und zu erkennen was nötig ist. Dazu braucht man natürlich etwas Zeit, die man von seinem geregelten Tagesplan »abzwicken« muss. Wenn man aber diesen Plan genau betrachtet, dann findet man immer versteckte

»Puffer-Zeiten« die man sinnvoll verwenden kann. Vielleicht auch zum »Wohl« der Gemeinschaft. Vielleicht einmal im Jahr, im Monat, in der Woche?

Es soll nur niemand dabei zu kurz kommen. Schon gar nicht die eigene Familie. Besonders Kinder brauchen Zeit und Geduld. Aber vielleicht kann man das Eine mit dem Anderen verbinden? Auch Kinder können »zupacken«, wenn nicht unbedingt mit Muskelkraft, aber mit Ideen, der Erledigung von »Mini-Aufgaben« oder einfach nur durch ihre Anwesenheit bei Aktivitäten in der Gemeinde. Dadurch wachsen sie auch langsam in die Gemeinschaft hinein. Besser als durch »Pflichtübungen«. Sie lernen Verantwortung zu übernehmen, ganz langsam und behutsam. Sie lernen das gute Gefühl kennen, »etwas getan zu haben« ohne, dass *es* etwas »bringt«. Vielleicht ein bisschen Spaß und Selbstbewusstsein. Und das Gefühl dazu zu gehören. Nicht nur seine eigene, kleine Welt zu sehen, sondern ein bisschen über den Zaun in »Nachbar's Garten« zu schauen. Nicht zu warten, bis andere etwas erledigen; nicht zu jammern und zu klagen, dass Dinge getan werden müssen. Zupacken ist angesagt! Wir können in unserer Welt nur etwas verändern, wenn wir bei uns selbst anfangen. Der nächste Schritt ist »Nachbar's Garten«. Und dann, wenn viele den nächsten Schritt getan haben, wird auch unsere Welt ein bisschen rosiger aussehen. Zumindest bin *ich* fest davon überzeugt.

Wünsch dir was ...

Geburtstags-Wunsch, Weihnachts-Wunsch, Glück-Wunsch, Genesungs-Wunsch, Kinder-Wunsch, Herzens-Wunsch, ... Wer kennt nicht das schöne Gefühl, in seinem Innersten einen »Wunsch-Traum« zu beherbergen? Ohne Wünsche und Träume wäre unsere Welt farb- und oftmals trostlos. Wünsche zaubern eine Wunderwelt in unsere Herzen, in der wir uns versenken und darin versinken können. In dieser Welt ist alles möglich und alles erlaubt. Gedanken sind frei und sie kosten nichts. Nicht die Erfüllung ist das Wichtigste bei Wünschen und Träumen, sondern ihre bloße Existenz in Form von Bildern in unserem Kopf und die Hoffnung, dass sich diese Wünsche und Träume irgendwann einmal erfüllen werden. Manchmal hört man auch die Ausdrücke »Kopfkino« oder »Luftschloss«.

Die Gedanken an das »noch nicht Erfüllte« lässt uns in Gedanken reisen, Abenteuer erleben, mit Dingen hantieren, die wir glauben, besitzen zu müssen, »Doppelleben« führen, von denen niemand anderer wissen soll/darf und sie treiben uns zu Höchstleistungen in allen Bereichen, um unser »Wunsch-Ziel« zu erreichen. Sie geben uns Kraft; auch die, um aus unserem Alltagstrott auszubrechen. Sie zaubern einen Hauch von Exotik in unser Leben. Sie zeigen uns die Richtung, in die wir gehen sollen. Wer kann schon von sich behaupten, dass er »wunschlos« glücklich ist. Einen kleinen Traum hat jeder in sich. Den Traum vom besseren Leben, den Traum von einer besseren Welt. Das Gute an fast allen »Wunsch-Träumen« ist, dass sie positiv sind. Ich kenne niemanden, der sich etwas »Grausliches« oder »Schreckliches« wünscht, oder sich in »düstere Traum-Welten« hineindenkt. In Wünschen und »Wunsch-Träumen« ist alles gut und schön. Wobei das natürlich auch stark im Auge des Betrachters liegt. »Gusto und Ohrfeigen sind verschieden!« oder »Jedem Tierchen sein Pläsierchen«. Und das ist auch gut so. Wir würden unserer Welt ein breites Spektrum an Farbenpracht rauben, wenn wir uns alle das Gleiche wünschen würden.

So wie wir Menschen unterschiedlich sind, sind es auch unsere Wünsche und Träume. Nur in absoluten Sonderfällen und wenn man unerhörtes Glück hat – und auch »von oben« nachgeholfen wird – trifft man auf einen Menschen, dessen Wünsche und Träume den eigenen auf's Haar gleichen oder zumindest so »blutsverwandt« sind, dass sie absolut harmonieren.

In den meisten Fällen passen zwar die »Wunsch-Rahmen«, aber die Inhalte weichen ab. »Wunsch-Rahmen« sind wie Schachteln. Sie gleichen sich in Größe, Form und Farbe, wie ein Ei dem anderen. Sie haben sogar das gleiche Beschriftungs-Schildchen auf dem die gleiche Inhaltsangabe steht. Nur ihr Inhalt ist bei fast jedem Menschen mit anderen Bausteinen gefüllt. Unterschiedliche Größen, unterschiedliche Farben, unterschiedliche Bilder, Klänge und Gerüche und unterschiedliche Sehnsüchte. Und man hat einige derartige »Wunsch-Schachteln« in seinem Innersten verborgen.

Das heißt aber nicht, dass man komplett unzufrieden ist, mit dem was man hat oder ist. Es hat auch nicht unbedingt mit finanziellem Wohlstand, Schulbildung oder familiärem Umfeld zu tun. Es gibt nur einfach Dinge zwischen Himmel und Erde, die wir uns nicht unmittelbar selbst oder durch andere erfüllen lassen können. Die meisten »Wunsch-Träume der Erwachsenen« lassen sich auch nicht durch einen tiefen Griff in die Geldbörse erfüllen. Da helfen nur »die Überwindung des inneren Schweinehundes«, »Zähne zusammenbeißen und durch« oder »Abwarten und Tee trinken« … unter der Devise: »Der Mensch denkt und Gott lenkt«. Und die schönsten »Wunsch-Träume« sind die, die über eine lange Zeit unerfüllt bleiben. Dadurch werden sie noch farbenprächtiger, intensiver, vertrauter und erlauben unserer Seele sich ganz fallen zu lassen und neue Kräfte zu sammeln …

Typberatung

Wer kennt sie nicht, die Artikel in den diversen Frauenmagazinen. Welcher Typ sind Sie? Frühlings-, Sommer-, Herbstoder Winter-Typ und welche Makeup-Farben unterstreichen Ihren persönlichen Stil? Sind Sie ein offener oder eher verschlossener Typ? Partylöwe oder –muffel? Workaholic oder Familienmensch?... Die diesbezügliche Auswahl an Tests und Beschreibungen ist unendlich.

Jener, der noch unsicher ist, was seine eigene Persönlichkeit betrifft, kreuzt brav an und füllt gewissenhaft aus und… wird dann, nach einem Punktesystem, eingeordnet. In ein allgemeingültiges, aber als »persönlich« bezeichnetes, Schachterl gesteckt. Nun weiß er endlich, was für ein »Typ« er ist, oder glaubt es zumindest zu wissen. Ich bin kein großer Fan von derartigen Tests, mache aber hin und wieder doch ein paar Kreuzerln, ganz nach Lust und Laune. Nach der Auswertung denke ich dann entweder »So ein Blödsinn!« oder »Das hab' ich schon vorher gewusst!«.

Ganz uninteressant ist es aber nicht, einmal zu erforschen, welcher Typ man ist und mit welchen Menschentypen man es in seiner unmittelbaren Umgebung zu tun hat. Eine derartige Analyse kann oft sehr hilfreich sein. Nur diese Art von Typberatung hat nichts mit Äußerlichkeiten zu tun. Haarfarben, Augenfarben, Gesichtformen und Körperstatur sind dabei komplett uninteressant. Hier geht's um »Innerlichkeiten« und »Verhaltensmuster«, was weitaus ergiebiger ist.

Vorerst sollte man sich mit sich selbst befassen und sich und sein eigenes Verhalten, wie durch ein Vergrößerungsglas und einen Röntgenapparat, betrachten und durchleuchten. Am Anfang wird man noch seine liebe Not damit haben, überhaupt zu erkennen »WER« man selbst ist. Geduld und Ruhe zum

Nachdenken sind hier dann die richtigen Werkzeuge, neben offenen Gesprächen mit einer bereits erfahreneren Seele. Und das Durchspielen von Erlebtem vor seinem eigenen geistigen Auge. Anfangs befasst man sich normaler Weise mit Erlebnissen, die einen bitteren Nachgeschmack hinterlassen haben. Den eigenen Aktionen und Reaktionen und jenen der anderen beteiligten Akteure. Welches Wort hat welches Widerwort hervorgerufen? Welcher Blick wurde von welcher Tat begleitet oder hat welche Gefühle bewirkt?

Nach einigen Versuchen und Betrachtungen hat man den Dreh dann raus und seine »Durchleuchtungs-Techniken« verfeinert. Je mehr von seiner eigenen »Vergangenheit und Gegenwart« man so bearbeitet hat, desto klarer wird das Bild, das man von sich selbst erhält.

Der zweite Schritt ist die genauere Betrachtung der Mitmenschen, mit denen man bisher zu tun hatte. Hierbei sollte man abwechselnd »Freunde« und »weniger gute Freunde« bearbeiten. Dadurch vermeidet man betriebsblind zu werden. Wer sich nur mit den »harten Brocken« befasst, läuft Gefahr, trübsinnig zu werden und zu vergessen, dass es auch viele positive Gesichter gegeben hat und noch immer gibt, die einen im Leben begleiten. Sie dienen quasi als »Erholungsurlaub für die Seele«, wenn man ein bisschen Freude und Stärke tanken will, nachdem man einen »schwierigen Fall« zerpflückt hat. Man ist auch nicht immer in der seelischen Verfassung, sich mit Problemfällen intensiv zu befassen. Dann genügt es, sich dessen bewusst zu sein, dass derartige Fälle existieren und man sich zu einem passenderen Zeitpunkt mit ihnen beschäftigen wird. Aufgeschoben ist nicht aufgehoben.

Durch diese Betrachtungen und Bearbeitungen des »Inneren Umfelds« wird der Blick klarer und man lernt, Menschen und ihre Wirkung auf einen selbst, richtig einzuordnen.

Der »nordische Typ«, introvertiert und oft abweisend wirkend, unterscheidet sich klar vom »südländischen Typ«, der impulsiv und offen seine Gefühle zeigt.

Ein »Vampir«, der Blut und Kräfte saugend an der Halsschlagader oder der Seele eines anderen Menschen hängt, hebt sich nun deutlich vom »Infusionsflaschen-Typ« ab, der sich, ohne sich zu wehren, aussaugen lässt und vergessen hat, dass irgendwann seine Kräfte erschöpft sein werden.

Meist gehören Menschen, die beginnen, sich mit ihrem Innenleben intensiver zu befassen und sich selbst zu erforschen, dem »südländischen« Typ der Ausprägung »Infusionsflasche« an. Einem »Vampir«, der sich ja ohnehin von der Energie anderer ernährt, wäre der Aufwand zu groß und er empfindet ihn als unnötig, da es IHM ja gut geht. Sein Blick ist dermaßen getrübt, dass er nicht erkennt, dass sich die meisten Freunde, wenn er jemals welche hatte, über die Jahre hinweg zurückgezogen haben und er nur auf flüchtige Bekanntschaften zurückgreifen kann, um seinem »Vampir-Job« nachzukommen. Im Prinzip ist es ihm aber vollkommen gleichgültig, an wem er saugt, Hauptsache er findet ein Opfer.

Wenn dem »Infusionsflaschen-Typ« sein eigenes Wesen klar wird, befällt ihn normaler Weise erst einmal eine gewisse Panik! Es sieht sein tragisches Ende gnadenlos kommen. Der Eine resigniert, der Andere versucht sich als »Nachwuchs-Vampir«, was aber kläglich scheitern muss. Diese beiden extremen Typen lassen sich nicht auswechseln. Die beste Art zu überleben ist aber der »goldene Mittelweg« oder das »Kommunizierende Gefäß«!

Geben und Nehmen, Streit und Versöhnung, Stärken und Schwächen, Kraft und Erschöpfung, Lachen und Weinen, geselliges Beisammensein und Einsamkeit, sich »Einigeln« und sich «Öffnen für den Anderen« ... Das alles in regelmäßiger Abwechslung und sich ausgleichenden Mengen. So wie sich in der Natur Kälte und Wärme, Helligkeit und das Dunkel abwechseln, der Tag auf die Nacht folgt, der Sommer dem Herbst vorangeht, auf den der Winter folgt. Von allem etwas, ein harmonischer Cocktail, der individueller nicht gemixt werden kann und der über einen gesunden Anteil an Stärke und Eigenliebe verfügen sollte, um sich von »unheilbaren Vampiren« zu trennen und sich aus ihrer tödlichen Umklammerung zu lösen.

Es kostet zwar einiges an Mühe, seinen eigenen Typ zu modifizieren, aber die Anstrengung lohnt sich! Nicht nur das. In meinen Augen ist es für jeden Menschen unerlässlich, sein eigenes ICH zu durchforsten und bis in die letzte Ecke seiner eigenen Seele vorzudringen. Nur dann wird er in Harmonie mit sich und seinen Nächsten leben können und Frieden finden. Frieden nicht unbedingt und immer im Zusammenleben mit seinen Mitmenschen, aber in seiner Seele, was dem eigenen Leben ein ganz neues Maß an Kraft und Sinn gibt. Dafür, für welchen »Typ« wir uns entscheiden, brauchen wir keine Typberatung. Man muss nur ganz ruhig in sich hineinhorchen und dann weiß man Bescheid, auch ohne pseudopsychologischen Ankreuztest.

Menschliches Wurzelwerk

Du bist ganz wie Deine Mutter!«, » Na das hast Du aber von Deinem Vater!«, »Ganz die Oma!«,…. Wer kennt diese Aussprüche nicht. Jeder von uns ist ein Produkt seiner Vorfahren und der Umwelt. Die Äußerlichkeiten werden durch Gene vererbt. Von Generation zu Generation. Durch die Verbindung verschiedener Familien neu gemischt und in ihren Kindern zum Leben erweckt.

Durch dieses Wurzelwerk wurden seit Anbeginn der Zeit Informationen und menschliche Wesenszüge an nachfolgende Generationen weitergegeben. Diese konnten somit auf lebenswichtige Erfahrungen ihrer Vorfahren zurückgreifen und dadurch Zeit für die eigene Weiterentwicklung sparen. So wurden wir zum »modernen Menschen«.

Wenn man von den äußerlichen Merkmalen, wie der Nase vom Großvater, den blauen Augen der Mutter, dem Muttermal an der gleichen Stelle wie der Vater, absieht, haben wir enorm viele weitere Informationen in uns gespeichert. Wesenszüge und Verhaltensmuster, die teils ererbt, teils anerzogen, unser Leben massiv beeinflussen. Sobald wir ein bisschen in uns selbst hinein horchen, erkennen wir unsere eigenen Eigenschaften in manchen Verwandten wieder. Besonders prägend sind natürlich Vater und Mutter, aber auch andere Familienangehörige haben einige Gene an einen selbst weitergegeben.

Bei Gaben oder besonderen Fähigkeiten ist das Nachforschen, von wem man »das« hat, eine erfreuliche Angelegenheit. Es wird Ahnenforschung betrieben und ein Mensch mit schöner Stimme findet vielleicht einen Opernsänger unter seinen Vorfahren. Auch Begabungen wie technisches Verständnis, Erfindergeist, große Musikalität oder das literarische Gen, sind schöne Geschenke unserer Altvordern an uns. Wenn jemandem Außenstehenden diese Familien-Ähnlichkeit auffällt, sind wir stolz auf unsere Wurzeln und unsere Herkunft.

Ein bisschen anders sieht es aus, wenn wir merken, dass uns Wesenszüge zueigen sind, die wir selbst in unserer Kindheit und Jugend erfahren und negativ bewertet haben. Sobald wir in uns selbst auf derartige »Verhaltensspuren« stoßen, läuft uns ein kalter Schauer über den Rücken. »Um Gottes Willen! Ich will nicht so sein wie XY!«, denken wir dann. Besonders hart ist es, wenn uns jemand ein derartiges Verhaltensmuster als Kritik vorhält. Wir werden es zwar im ersten Moment zurückweisen, aber in uns drin wissen wir, dass etwas Wahres dran ist.

Unsere Wurzeln reichen weit zurück. Manche dieser Wurzeln bringen gute Bestandteile, manche weniger gute. Damit muss man sich abfinden. Nun kommt es aber darauf an, was man aus den »weniger guten« Wesenszügen macht. Verdrängen bringt nichts. Auch hier, wie bei allen negativen Erlebnissen, wird man dann im unpassendsten Moment damit konfrontiert. Da man sich aber zuvor niemals damit befasst hat, steht man den eigenen, ungeliebten Reaktionen schutzlos gegenüber.

Der bessere Weg ist, sich über all die kleinen Wesensbausteine, die die eigene Persönlichkeit ausmachen, Gedanken zu machen. Kein Mensch ist nur gut. Auch die Schattenseiten gehören dazu. Das muss man einfach akzeptieren, auch wenn es einem selbst vorerst nicht in das »heile Welt, Super-ICH«-Bild passt.

Das Wichtigste ist, seine Mängel zu kennen. Nur wenn man sie kennt, kann man rechtzeitig gegensteuern, wenn sie sich in manchen Situationen zu laut Gehör verschaffen wollen. Dann ist es sehr gut, ihre Stimme zu erkennen und sich bewusst für ein anderes Verhalten zu entscheiden.

Wer in seiner Kindheit zum Beispiel »Behandlungen« erfahren hat, die einen sehr bitteren Nachgeschmack hinterlassen haben, kann so seine eigenen Reaktionen und Verhaltensmuster besser steuern und verbessern. Er wird dann versuchen in Stresssituationen gefasster und vernünftiger zu reagieren, als dies seine Vorfahren gemacht haben, und dadurch die Spirale des sich ewig Wiederholenden durchbrechen. Die haben es damals auch vielleicht nicht absichtlich falsch gemacht, sie wussten es einfach nicht besser. Oder sie hatten keine Möglichkeit über die Auswirkungen ihrer Aktionen nachzudenken; aus welchen Gründen auch immer.

Die meiste Anerkennung zollt ein denkender Mensch jenem Mitmenschen, der es schafft, seine Schatten aktiv zu beherrschen. Die guten Eigenschaften eines Menschen sind zwar jene, die zuerst Eindruck hinterlassen, aber wirkliche Größe kann man nur zeigen, wenn man die dunklen Bereiche des eigenen Wurzelwerks gut im Griff hat.

Das kostet zwar einiges an Kraft, bringt einem selbst aber ein ungeheures Energiepotential im Bereich des Selbstvertrauens. Wer sich diesen »Schattenkriegern« stellt und ihre Strategien und Listen durchschaut, kann sich zu ihnen bekennen. Nur »Freigang« bekommen sie keinen mehr. Sie bleiben dort wo sie hingehören, wohl verwahrt in einem gläsernen Käfig, um uns selbst die Möglichkeit zu geben, sie immer wieder zu betrachten und über sie nachzudenken. Das hilft uns, mit beiden Beinen am Boden zu bleiben und zu erkennen, wer wir wirklich sind…..

Folgeschäden

U nter Folgeschäden versteht man im Normalfall Schäden, die durch einen vorangegangenen Vorfall hervorgerufen wurden. Ein Wasserschaden kann als Folgeschaden Schimmelpilz hervorrufen, ein Unfall chronische Verspannungen im Nackenbereich, ein traumatisches Erlebnis anhaltende psychische Belastungen und so weiter

Auch ohne einen offensichtlichen und akuten Anlass, können jedoch Folgeschäden entstehen. Im Bereich der menschlichen Beziehungen werden derartige Schäden aber oft viel zu spät erkannt und ein Reparaturversuch scheitert oftmals am hohen Kraftaufwand, den man dafür aufwenden müsste. So scheitern viele Beziehungen am alltäglichen Beziehungs- und Verhaltenswirrwarr.

Am Anfang einer Beziehung, wenn man mit »Herzerln in den Augen« durchs Leben torkelt und alles nur himmelblau und rosarot sieht, ist man blind für jegliche objektive Betrachtung. Alles, was der Partner tut, ist gut, schön, richtig und lustig,…. Auch die Wesenszüge und Verhaltensmuster, die einem selbst nicht so ganz vertraut sind und die man bei einem anderen Menschen vielleicht bemängeln würde, erscheinen in diesem Falle nicht ganz so negativ. Man kann ja versuchen sich daran zu gewöhnen oder den Anderen zu ändern.

Im Laufe des gemeinsamen Zusammenlebens versucht man dann, als einfachen Weg, sich anzupassen oder sich diese Wesenszüge anzueignen, was nur in den seltensten Fällen gelingt. Nach einigen Jahren stellt man dann aber fest, dass dieses Nachfolgen auf »fremden Wegen« ins eigene Bild gar nicht hineinpasst. Durch die, durch einen selbst, erzwungene Verhaltensänderung und das »blinde Dem-Partner-Folgen«, hat man sich teilweise in Situationen verrannt, die für die eigene

Seele nur schwer zu ertragen sind. Das ist der Zeitpunkt, seine eigene Position zu überdenken. Zu erforschen, wer man ist, was man will und was schief gelaufen ist. Wenn man das nicht tut, läuft man Gefahr, in einer »fremden Haut« zu landen, die nichts mehr mit dem eigenen ICH zu tun hat. Ein guter und einfacher Weg ist, das Gespräch zu suchen. Kein Nörgeln oder gar aggressiver verbaler Angriff. Ein ruhiges Gespräch unter vier Augen. Darlegen, was man selbst denkt und fühlt. Und wie man die Veränderung der Partnerschaft empfindet. Das Unangenehme, aber auch das Neue, Gute… wenn man es überhaupt noch erkennen kann. Einen Versuch ist es in jedem Falle wert. Es wäre zwar einfacher, die belastete Beziehung in den »Müll« zu werfen, aber ein bisschen Kraftanstrengung in ein »Geraderichten« des Miteinanders ist unbedingt anzuraten. Zu leicht sollte man es sich in einer Zeit des einfachen Konsumierens innerhalb der »Wegwerfgesellschaft« im Bereich von Beziehungen nicht machen. Es gab ja vor langer Zeit einen guten Grund, oder mehrere, weshalb man sich für ein Zusammenleben mit gerade diesem Menschen entschieden hat.

Beginnen sollte man immer mit sich selbst. Was will ICH, wer bin ICH, wo ist MEINE Toleranzgrenze in allen Bereichen, wie weit kann und will ich MEIN Verhalten anpassen oder verändern? Erst wenn man sich in diesen Bereichen Klarheit verschafft hat, sollte man daran gehen, sich mit den partnerschaftlichen »Unzulänglichkeiten« zu befassen. Sind es »echte« Verhaltens- oder Einstellungsfehler, oder nur ein anderer Blickwinkel, der zu anderen Aktionen oder Reaktionen führt? Würde ich dieses Verhaltensmuster bei anderen Menschen, die mir nicht so nahe stehen, akzeptieren oder auch dort dagegen protestieren?

Auf diese Weise erhält man dann Klarheit, wie gravierend die Schäden sind, die das »blinde Folgen« hervorgerufen hat. Wenn man Glück und einen »pflegeleichten« Partner hat, werden die klärenden Gespräche, in denen man sein Herz ausschüttet, auf direktem Wege zum Erfolg führen. Man bespricht in aller Ruhe, wo der Schuh drückt, sagt welche Gefühle das in einem selbst auslöst und... der Partner versteht was man meint! Dann erklärt er, wie er es sieht und beide Gesprächspartner erkennen das »Verhaltens-Veränderungspotential« in sich selbst.

Das ist der Idealfall.

Dass es nicht immer so einfach und ruhig abläuft, ist klar. Im Normalfall gibt's erst einmal mächtig Ärger. Nörgeln, Vorwürfe, Streit und teilweise auch offener Krieg. Das aber reinigt oft die Luft und verhilft uns selbst dazu, durch emotionalen Stress enthemmt, wirklich zu sagen, was man denkt und fühlt. Wenn man sich dann wieder beruhigt hat und die Wogen sich langsam glätten, ist es Zeit, über eine neue Form der Kommunikation nachzudenken. Hinschmeißen kann man die Sache – sprich: die Beziehung – immer noch. Wenn alle anderen Mittel und Wege ausgeschöpft oder beschritten wurden. Das ist man seinem Partner und sich selbst schuldig. Wenn man nämlich einen dieser Wege absichtlich nicht beschreitet und eine Möglichkeit bewusst auslässt, wird man sich irgendwann selbst Vorwürfe machen. Nicht morgen, nicht übermorgen, aber... irgendwann bestimmt. Das ist so sicher, wie das Amen im Gebet.

Durch Bearbeitung von Krisensituationen findet man sich selbst leichter. Wenn alles »Liebe, Wonne, Waschtrog« ist, entwickelt man sich nicht so rasch weiter. »Liebesbedingter Stillstand« verhindert ein persönliches Weiterkommen. Auch hilft der tiefe Schmerz, den man bei derartigen Belastungen empfindet, endlich aufzuwachen und zu beginnen, über sich und sein Umfeld nachzudenken.

Wie schon Antoine de Saint-Exupéry in einem seiner Gebete
schrieb:

»Damit ich mich kennen lerne, genügt es, Herr,
dass Du den Anker des Schmerzes in mir auswirfst.
Du ziehst an der Leine, und da erwache ich …«

Klimazonen

Über Schottland liegt ein Tief und das liegt ein bisserl schief ...«, sang schon vor vielen Jahren Lore Krainer. Und auch im täglichen Wetterbericht, den wir via Fernsehen oder Radio konsumieren, erzählt man uns über Hochs und Tiefs, Druckunterschiede und deren Auswirkungen auf unser Klima und die örtliche Wetterlage.

Diese Hochs und Tiefs sind aber nicht nur in der Meteorologie interessant. Sie lassen sich auch auf unser Leben umlegen. Jeder Mensch weiß, dass es unterschiedliche Stimmungslagen gibt, denen er unterworfen ist. Je nach dem, wie er seine Umgebung wahrnimmt, fühlt er sich gut oder weniger gut. Stimmungs-Hoch oder Stimmungs-Tief nennt man das. Wenn die gefühlsmäßige Wetterlage extrem stürmisch oder kalt ist, folgt dann ganz leicht eine massive Depression. Die extremen Hochs empfinden wir selbst als angenehm, wenn wir uns darin befinden. Aber auch hier ist Vorsicht geboten. Man verausgabt sich dann leicht!

All diese Extrem-Wetterlagen begleiten uns unser gesamtes Leben lang. Oft wünscht man sich, in südlicheren Breiten zu leben, wo jeden Tag die Sonne scheint und der Himmel immer blau ist. Die nasskalten und dunklen Gebiete des Nordens möchte man gerne aus seinem Leben verbannen. Aber auch diese kühlen Regionen haben ihren Reiz und ihre speziellen Vorteile.

Wenn man sich über lange Zeit hinweg im extrem heißen und sonnigen Süden des Lebens aufhält, wird der Organismus ziemlichen Belastungen ausgesetzt und man holt sich leicht einen »Sonnenbrand«. Der Körper wird sich irgendwann gegen die permanenten Aktivitäten wehren und die Abnützungserscheinungen werden deutlich spürbar.

Ebenso ist ein zu langes Verweilen im kühlen Norden für eine ausgewogene Lebenseinstellung nicht gut. Man spürt die Kälte dann langsam in die Knochen kriechen und kühlt innerlich aus. »Du bist ein Eisblock und ein Einsiedler«, muss man sich dann sagen lassen. Und das zu Recht.

Im Normalfall ist es für die eigene Psyche gesünder, in gemäßigten Klimazonen zu leben. Der Wechsel von Hochs und Tiefs, kalt und warm, Lachen und Weinen, Saus und Braus respektive Stille und Besinnung, tut uns weit besser, als eine extreme, einseitige Dauerbelastung. Man muss nur die unterschiedlichen Wetterlagen richtig nützen und ihre Vor- und Nachteile erkennen. Die geselligen, lustigen Stunden, in denen man vor Lachen Zwerchfell-Krämpfe bekommt und die den Endorphin-Spiegel im Körper auf den Höchststand bringen, und auch die sportlichen Dauer- und Extrembelastungen sollten zum passenden Zeitpunkt langsam in ruhigeres Fahrwasser wechseln. Dann kommt die Zeit für ernstere und gute Gespräche mit einer verwandten Seele, gemütliche Stunden im Kreis der Familie, Ruhe zum Nachdenken und Reflektieren, Erholung für Körper und Geist.

Auch im Bereich der Lebensinhalte, wie zum Beispiel die aufopfernde Fürsorge für die Kinder und deren langsames Entlassen in die Selbständigkeit, gilt es, das richtige Maß zu finden. Besonders Frauen vergessen bei all der Sorge und Pflege der lieben Kleinen, dass sie hin und wieder ihren Geist fliegen lassen und sich vom erdigen Grund durch einen kleinen Sprung in luftige Höhen von ihren täglichen Pflichten lösen sollten. Sonst laufen sie Gefahr, sobald ihre Kinder das Elternhaus verlassen haben, aus dem »Glucken- und Fürsorge-Hoch« in ein kaltes, dunkles Loch zu fallen. Ohne langsamen Temperaturausgleich, da sie verlernt haben, in sich selbst hinein zu hören.

Dauernd im Hoch zu sein ist ungesund und unnatürlich, egal wobei oder womit. Wie die Natur dem Wechsel der

Jahreszeiten unterworfen ist, so sind auch wir Menschen auf Wechselbäder programmiert und das ist gut so. Denn auch in der Natur wehrt sich das Leben gegen extrem einseitige Belastungen mit wüstenartigen Trockengebieten oder schroffen Eislandschaften, die nur wenig warmblütiges Leben zulassen.

Jedoch kann nur jemand in einem gesunden, gemäßigten menschlichen Klima leben, der über Grundkenntnisse der Gefühls-Geographie verfügt. Und diese Kenntnisse eignet man sich sowohl durch das Lesen von »Reiseführern« an, als auch durch eigene Expeditionen in unerforschtes Gebiet. So verschwinden dann ganz allmählich die »weißen Flecken« auf der Landkarte des eigenen ICHs ...

Wohlstandsbauch

Besonders nach Feiertagen ist der Schock groß, wenn man auf die Wage steigt. Die vergangenen Tage oder Wochen haben Spuren hinterlassen. Auf der Hüfte, am Bauch, den Schenkeln und auf der Waage. Diese überflüssigen Kilos müssen weg, so rasch wie möglich, damit man sich wieder gut, wendig und, auch ausgezogen, anziehend fühlt. Die meisten Menschen kennen dieses Problem und das auch noch »alle Jahre wieder«. Der so genannte Wohlstandsbauch sitzt aber bei uns nicht nur zwischen Kopf und Hüfte. Auch in unserem Kopf werden wir, wenn es uns so richtig gut geht, träge. Es ist ja ohnehin alles wunderbar und gemütlich. Also weshalb sollte man, abgesehen davon, was man morgen wieder kochen oder essen, oder wie man die Kilos wieder los wird, nachdenken?

Wenn es einem selbst wunderbar geht und man aus dem Vollen schöpfen kann, lassen sich, besonders um hohe kirchliche Feiertage herum, manche noch zu Spenden an die Ärmsten der Armen verleiten. Bei den meisten arbeitet das Gehirn dann aber auf Sparflamme, zumindest was den seelischen Bereich angeht. »Ist doch alles super!«, denkt man sich dann. »Kein Anlass sich mit komplizierten Zusammenhängen oder Problemen zu beschäftigen!«.

Besonders schlimm ist es dann, wenn man, weil man es sich ja finanziell leisten kann, seine Kinder mit »Besitztümern« statt »gemeinsamer Zeit« abspeist. Der Computer, die Spielkonsole und der Fernseher übernehmen dann die Erziehung und Unterhaltung der Kinder. Die »gewonnene Zeit« verbringt man dann selbst im Sportstudio, bei der Kosmetikerin, beim Shoppen oder sonstigen »wichtigen« Aktivitäten, die mehr Spaß machen, mehr Prestige bringen und weniger anstrengend sind. Wenn das neue Outfit oder der perfekte Look wichtiger werden als die eigenen Kinder oder andere Mitmenschen, dann »brennt der Hut«! Was gibt es wichtigeres als Menschen? Allen voran jene in der unmittelbaren Umgebung! In meinen Augen: NICHTS.

Jede Bluse, jede Hose und jeder Mantel werden irgendwann unansehnlich und kaputt. Jeden Fernseher, DVD-Player oder Multitasking-Computer trifft einmal der «Schlag«. An jedem Auto, auch wenn es noch so teuer war, nagt der Zahn der Zeit und die äußere Schönheit ist sowieso vergänglich. Was bleibt, sind Menschen.

Nur, was tun, wenn man plötzlich in einer Krise steckt, Hilfe bräuchte und merkt, dass man alle seine früheren Freunde in den letzten Jahren vernachlässigt hat? Wer erst dann nachzudenken beginnt und seine Hand nach Hilfe ausstreckt, muss schon ziemliches Glück haben, wenn er dann jemanden findet, der uneigennützig und aus reiner Freundschaft, als Rettungsanker zur Verfügung steht.

Nicht immer sind es finanzielle Sorgen, die einen zu diesem Zeitpunkt quälen. Wenn persönliche seelische Probleme der Anlass des Schmerzes sind, ist eine helfende Hand oder ein offenes Ohr noch wichtiger. Für die materiellen und physiologischen Probleme gibt es in unserer Gesellschaft ein soziales und medizinisches Sicherheitsnetz. Wenn es aber um das »Innenleben« geht, ist die Sache schon nicht mehr so einfach. Es stehen zwar Psychiater, Psychologen und Gesprächstherapeuten zur Verfügung, aber sehr oft bedarf es anderer, »unprofessioneller« Erster Hilfe, um die Dinge wieder ins Lot zu bringen.

In der Zeit, wo große Familienverbände gemeinsam unter einem Dach gelebt haben, war immer eine helfende Hand oder eine erfahrene Seele zur Stelle, die von sich aus bemerkt hat, dass irgendwo der Schuh drückt. Das ist heute anders. Jeder lebt in seiner kleinen, abgeschiedenen Welt; man trifft sich zwar hin und wieder, plaudert nett über Kinder, Karriere,

Theater oder Politik und trennt sich dann wieder und kehrt zurück in die »eigenen vier Wände«. Was dort passiert, geht niemanden etwas an. Leider sieht's dort nicht immer so rosig aus, wie es in der Öffentlichkeit dargestellt wird. Es würde auch nicht zum Bild passen, das man von sich und seiner heilen Welt präsentiert. Das Idealbild des Menschen von heute ist immer glücklich, zufrieden, gesund, gut aussehend und erfolgreich. Nur dann, meint man, wird man respektiert und erntet Anerkennung. Somit scheint Oberflächlichkeit ein guter Schutz gegen Enttarnung.

Man müsste schon ein sehr gutes Auge und Gespür für Menschen haben, um erkennen zu können, dass irgendetwas nicht stimmt. Man müsste es auch sehen wollen und dadurch riskieren, selbst ein bisschen Zeit, Mitgefühl und Courage investieren zu müssen. Wohlstand macht träge, auch auf der Gefühlsebene. So verlagert sich der »Wohlstandsbauch« auch in den Kopf und ins Herz. In diesem Fall sollte man sich selbst hin und wieder eine ganz spezielle »Diätkur« verordnen und sich darüber klar werden, welche *Werte* es wirklich *wert* sind, so genannt zu werden.

Die drei Indianer

Es waren einmal drei Indianer. Sie waren Brüder und lebten als Jäger und Krieger in drei verschiedenen Tälern im Norden. Viele, viele Jahre lang lebten sie einsam, aber zufrieden in ihren abgeschiedenen Wäldern. Eines Tages drang ein Hilferuf durch die Wälder und hallte an den schroffen Felswänden des höchsten Berges der Gegend wider.... Auf diesem Berg lebte ein alter Medizinmann. Der hörte den Ruf, konnte aber nicht genau orten, aus welchem Tal er kam. Also rief er die drei Indianer mit seiner Trommel zu sich auf den Berg und lud sie ein, an seinem wärmenden Feuer Platz zu nehmen und sich zu stärken. Auf seine Frage, wer der »Hiiferufer« war, bekam er keine Antwort. Alle drei Brüder waren stolze Krieger und keiner von ihnen hätte zugegeben, dass er gerufen hatte. Stolze Indianer regeln alles selbst und brauchten keine Hilfe von einem alten Mann!

Der weise Medizinmann dachte nach und entschloss sich dann, seine Hilfe allen drei Kriegern anzubieten. So gab er jedem von ihnen ein Säckchen, voll Samen von Heilpflanzen, und eine Lederrolle mit der Anleitung für deren Anbau. Die stolzen Krieger verneigten sich vor dem Medizinmann und zogen zurück in ihre Täler.

Der älteste Bruder lebte im ersten Tal und kam nach nur drei Stunden Fußmarsch zu seinem Zelt zurück, legte das Säckchen und die Rolle in sein Wigwam. Da er durch und durch ein »richtiger Indianer« war, kannte er keinen Schmerz und vergaß nach kurzer Zeit ganz darauf. Er hatte sich ganz der Jagd verschrieben und war tagelang auf der Pirsch. Fast immer hatte er mehr Fleisch, als er selbst brauchte und die Wölfe »halfen« ihm, den Überschuss zu vertilgen. Die Häute und Felle der erlegten Tiere reichten bis zur Spitze seines Zeltes – Luchse,

Biber, Wölfe, Füchse aller Gattungen, Bären,... alle Fellarten waren vertreten. Das Zelt dieses Kriegers war üppig ausgestattet, seine Kleidung mit Perlen und geschnitzten Walzähnen bestickt und seine große Lagerstatt mit kostbaren, weichen Fellen ausgekleidet. Nachts fühlte er sich sicher und warm, ... aber einsam. Er hatte jedoch für die Suche nach einer Partnerin keine Zeit. Er musste jagen ...

Der Bruder im zweiten Tal, das einen Tagesmarsch vom Berg des Medizinmannes entfernt war, hatte schon seit längerer Zeit Bauchschmerzen und kochte aus allen Samen einen Tee, der ihm seine Schmerzen vertrieb und ihn heilte. Den Rest des heilenden Gebräus verwahrte er in einem kleinen Tongefäß, um beim nächsten Mal seine Medizin gleich bei der Hand zu haben. Nachdem es ihm nun besser ging, schulterte er seinen Köcher und seinen Bogen und zog wieder hinaus in die Wälder um seiner »normalen Tätigkeit« – Spurensuche, Anschleichen und Jagd – nachzugehen. Vor seinem Zelt türmten sich auch schon die Felle von Biber, Wolf und Bär. Zwar nicht so hoch, wie bei seinem älteren Bruder im ersten Tal, aber immerhin könnte er durch den Verkauf der Felle am nächstgelegenen Handelspunkt einen schönen Gewinn einstreichen und sich mit Luxusgütern, wie Tabak, »Feuerwasser« und Glasperlen eindecken. Lauter Dinge die man, in einem abgelegenen Tal im Hohen Norden und wenn man abends alleine beim Lagerfeuer sitzt, dringend braucht ...

Der jüngste Bruder, der im abgelegensten Tal wohnte und erst nach mehreren Tagen seine Unterkunft erreichte, ruhte sich von seiner anstrengenden Reise aus und begann dann in der Schriftrolle, die ihm der Medizinmann gemeinsam mit den Samen gegeben hatte, zu lesen. Die Schrift war klein und schwer lesbar. Er brauchte mehrere Tage um allen Geheimnissen der Rolle auf die Spur zu kommen. Nach einer Woche hatte er alle Rätsel gelöst und begann einen guten Boden für den Anbau der Heilpflanzen zu suchen. Auch für die Suche des passenden Bodens nahm er sich viel Zeit. Er hatte zwar seit ein paar Tagen kein Fleisch mehr gegessen, da er sich keine Zeit für die Jagd genommen hatte und fühlte sich ziemlich schwach, aber er wollte die Samen so rasch wie möglich in die Erde bringen, damit die Heilpflanzen wachsen konnten und er, wenn sie gewachsen waren, seine eigene Medizin brauen konnte. Am Ufer eines kleinen Baches fand er die idealen Bedingungen. Er legte die Samen in die Erde, wo sie rasch wurzelten und keimten. Nun konnte er sich wieder um seinen »Magen« kümmern und fing geschickt einen Fisch im Bach. Nachdem der erste Hunger gestillt war, machte er sich auf und ging auf die Pirsch nach einem saftigen Braten für das Abendessen – einem Hasen oder einem Perlhuhn.

Jeden Morgen versorgte er zuerst »seine Pflanzen«, goss sie, entfernte Unkräuter und erntete dann die reifen Früchte. Bald würde er auch Samen ernten, um auch im nächsten Jahr bei Bedarf, sich und eventuell vorbeiziehenden Familien oder einsamen Jägern, den heilsamen Trank verabreichen zu können. Im Laufe der Jahre eignete sich dieser Indianer, aufgewachsen als Jäger und tapferer Krieger, ein großes Wissen um die Kräuter-Heilkünste an und, als der alte Medizinmann auf dem Berg »in die ewigen Jagdgründe« wechselte, nahm der jüngste der drei Brüder seine Stelle auf dem Gipfel des Berges ein …

Dieses Gleichnis möchte ich nun auf zwei verschiedene Weisen abwandeln.

Version 1:

Drei Hungernden wird jeweils ein Sack Getreide gegeben.
Der Erste mahlt den gesamten Inhalt zu Mehl und verspeist das gebackene Brot auf einen Sitz.

Der Zweite verarbeitet auch das gesamte Getreide, bäckt aber nach und nach seine Brote.

Der Dritte bereitet aus einem Teil des Kornes Brot zu, um seinen akuten Hunger zu stillen, kümmert sich aber um Nachschub, indem er das Getreide anbaut und sich ab nun selbst versorgen kann.

Version 2:

Drei Personen mit persönlichen Problemen wird ein Lösungsweg angeboten.

Der Erste greift danach wie ein Verhungernder, »konsumiert« alle Hilfsangebote und fühlt sich sehr bald wieder stark. Er hat aber nichts dazu gelernt und so steht er beim nächsten Mal wieder vor der gleichen Situation.

Der Zweite beschreitet die möglichen Wege, lässt sich therapieren und... fällt dann wieder in seine alten Verhaltensmuster zurück.

Nur der Dritte hört zu, vertraut, lernt dabei über sich nachzudenken und dadurch sich selbst besser kennen. Der Erfolg lässt vielleicht ein bisschen länger auf sich warten, dann aber ist er umso stärkender, da die selbst erarbeiteten Lösungen immer wieder aufgegriffen werden können und so bei jeder aufkeimenden Krisensituation zur Verfügung stehen.

Das Pech und der Schweinehund

Ich bin vom Pech verfolgt. Warum immer ich?«. Diese Aussage höre ich hin und wieder, verbunden mit einem tiefen Seufzer. Es hat wirklich manchmal den Anschein, als ob im Leben mancher Menschen sich ein Missgeschick an das andere reiht. Ein Fehlgriff folgt dem anderen, eine Enttäuschung folgt der vorangegangenen, ... wie ein fatales Muster. Ist dieser Mensch wirklich vom Pech verfolgt? Geboren unter einem Unglücksstern? Klebt wirklich »das Pech« an ihm wie Pech?

Sobald man aber beginnt, die einzelnen »Pech-Situationen« zu hinterfragen stellt man fest, dass, abgesehen von echten Schicksalsschlägen, die Betroffenen sehr oft selbst schuld an ihrer Situation sind. Bei vielen liegt es daran, dass sie immer das gleiche Verhaltensmuster an den Tag legen. Nehmen wir das Beispiel »Beziehungen«. Seit Jahren geraten manche Menschen an Partner, die sie nach kurzer Zeit entweder verlassen oder in eine echte persönliche Krise bringen. Fehlgriff folgt auf Fehlgriff, Enttäuschung auf Enttäuschung ... Das frustriert enorm.

Wer ist aber schuld daran, dass so etwas passiert? Das Schicksal? Die Umstände? Man selbst?

In jungen Jahren begibt sich jeder Mensch auf eine Reise. Das Ziel ist die Erfüllung seiner Träume und persönlichen Ziele. Der Weg dorthin besteht aus Zeit und Entscheidungen. Es ist ganz normal, dass man sich hin und wieder »die Nase blutig schlägt« und merkt, dass man sich auf einem falschen Weg verrannt hat. In solchen Situationen muss man dann beginnen, nachzudenken und das Vergangene zerpflücken, um festzustellen warum etwas »daneben gegangen« ist. Aus diesen Fehlschlägen und den positiven Dingen, die einem auf seinem Lebensweg passieren entsteht die »Lebenserfahrung«. Man lernt, dass die eine Situation diese und die andere Situation eine andere Entscheidung erfordert und bildet daraus ein »gesundes« menschliches Verhaltensmuster.

Was passiert aber, wenn man nicht intensiv genug nachdenkt? Was, wenn man sich die Zeit dafür nicht nimmt und einfach so weiter wurstelt, wie bisher? Wenn man sein eigenes Verhalten nicht ändert und so immer wieder in die gleichen verfahrenen Situationen gerät? …

Muss man sein »Schicksal« so hinnehmen? Oder ist es nicht eigentlich unsere Bestimmung als »Homo sapiens« nachzudenken und Veränderungen in unserem eigenen Verhalten vorzunehmen?

Veränderungen können nur durch einen selbst stattfinden. Man kann keinen anderen Menschen wirklich verändern. Beeinflussen vielleicht, aber nicht verändern. Das einzige Wesen, bei dem man ansetzen kann, ist man selbst. Wenn man also glaubt, ein richtiger »Pechvogel« zu sein, sollte man sich erst einmal selbst bei der Nase nehmen und versuchen herauszufinden, weshalb man immer wieder so »daneben« greift. Vielleicht sind die Vorstellungen, die man hat, was Partner, Job oder andere äußere Umstände betrifft, »unpassend« und sollten dringend überarbeitet werden? Vielleicht macht man es sich auch zu einfach? Besonderst wenn die menschlichen Beziehungen unter einem »Unglücksstern« zu stehen scheinen, greift man anscheinend immer zu den falschen Partnern. Da weiß man schon, was auf einen zukommt. Den Typ Mensch kennt man schon, man weiß wie man ihn oder sie zu behandeln hat; alles ist einfach und ohne größere Mühe durchzuziehen. Man hofft, zwar, dass »diesmal alles anders« wird, weiß aber im Unterbewusstsein bereits, dass man sich wieder in die gleiche Situation gebracht hat, wie schon so oft zuvor. Wenn man dann merkt, dass man wieder »auf dem Holzweg« ist, klagt man wieder und schiebt die Schuld auf das Pech, das einen sein ganzes Leben lang verfolgt.

Nun heißt es, den eigenen »inneren Schweinehund« zu besiegen. Dazu muss man »ihn« aber erst einmal erkennen, was einigen Aufwands bedarf. Dass dieser »Schweinehund« in einem selbst existiert sollte man nie vergessen, man kann ihn aber in den Griff bekommen und »erziehen«. Bei jedem »Bellen« sollten dann die Alarmglocken läuten und man selbst sich in »Kampfposition« bringen. Nur wenn man wachsam ist, kann man ihn dann auch besiegen und die eigenen Verhaltensmuster durchbrechen. Das bedeutet zwar einen gewissen Kraftaufwand, besonders bei den ersten Versuchen, man merkt aber nach kurzer Zeit, dass man immer wendiger wird und dadurch auch erfolgreicher. »Neues Spiel, neues Glück« oder abgewandelt »Neuer Kampf, neue Chance zu gewinnen!«. Auch eine andere Einstellung zu den Dingen, die im eigenen Leben passieren, ist sehr hilfreich. Nicht immer sind ärgerliche Situationen oder Vorfälle wirklich nur schlecht! Wenn man sich bemüht, das Positive daran zu sehen, ist alles gleich nicht mehr so furchtbar. Dafür bedarf es zwar oft einiger Geduld und Durchhaltevermögen, es lohnt sich aber auf jeden Fall.

Ein gutes Hilfsmittel, um das eigene »Schwarzsehen« zu verändern ist, sich die positiven Dinge, die einem widerfahren und die eigenen »Leistungen«, die man erbracht hat, vor Augen zu halten. Bis man in dieser Technik »sattelfest« ist, könnte man sich die Plus-Erlebnisse täglich aufschreiben. So erkennt man, dass man kein totaler Verlierer ist und sehr wohl einiges zu Wege bringt. Das stärkt den Rücken und gibt Selbstvertrauen. Und genau dieses Selbstvertrauen ist die beste Waffe um den »inneren Schweinehund« zu besiegen.

Dem, der immer nur jammert und nichts verändert, kann niemand anderer helfen. Der einzige Mensch, der die verzwickten Situationen entschärfen und wirklich etwas verändern kann, ist man selbst! Das sollte man sich immer vor Augen halten …

Naschereien und Pikantes

Hin und wieder taucht in Gesprächen das Wort »Vernaschen« auf. Meist ist der körperliche zwischenmenschliche Kontakt gemeint, der ohne feste Beziehung stattfindet. Unter Männern wird das Wort verwendet, wenn sie ihre Revierkämpfe und Brunftrituale im Kreis von Gleichgesinnten besprechen. Emanzipierte Frauen laufen dagegen Sturm und sperren sich gegen derartige Aktionen. Schon allein die Bezeichnung lässt ihr Adrenalin dann in die Höhe schnellen.

Wie bei vielen Umschreibungen für menschliches Verhalten, liegt aber auch hier ein großes Körnchen Wahrheit in der Wortwahl. »Vernaschen« bezeichnet kulinarisch etwas Süßes, Leichtes, optisch Verführerisches … Etwas zum »Drüberstreuen«, gewissermaßen als Abschluss. So ist es aber auch im Bereich der menschlichen Beziehungen. Die körperliche Erfüllung des Bedürfnisses nach Nähe ist auch Abschluss und Höhepunkt einer Beziehung. Zumindest sollte es so sein.

Wie bei einem mehrgängigen Menü, bei dem Vorspeise, Suppe, Hauptgang und Dessert serviert werden, setzt sich der Aufbau einer gesunden und ausgewogenen zwischenmenschlichen Verbindung aus verschiedenen Gängen zusammen. Die Vorspeise wäre dann der erste Blickkontakt, das erste Gespräch oder der erste Brief. Dabei wird entschieden, ob man das Angebot in diesem »Restaurant« als zufrieden stellend ansieht oder lieber gleich in ein anderes wechselt.

Wenn der erste Gang verspeist ist und man sich dazu entschließt, die Suppe in Angriff zu nehmen, beginnt das Betasten und Verkosten. Man trifft sich hin und wieder, sondiert seine Chancen beim Gegenüber, überprüft die Persönlichkeits-Inkredienzien des potentiellen »Partners fürs Leben« und wägt Für und Wider gegeneinander ab. Nach dem zweiten Gang entscheidet man sich dann für einen Hauptgang, der optimal zu den beiden Vorspeisen passt. Die einen beschränken sich auf eine platonische, freundschaftliche Beziehung, die anderen wählen die verbindlichere Variante einer Partnerschaft. Ich würde die beiden Versionen als Fisch oder Fleisch bezeichnen. Als krönenden Abschluss dieser Art des Menüs folgt dann das Dessert, welches dann, im wahrsten Sinne des Wortes, »vernascht« wird. Sehr oft kommt es jedoch vor, dass diese Menüfolge nicht vollständig konsumiert wird. Einmal bricht man gleich nach der Vorspeise ab, hin und wieder genießt man noch die Suppe, merkt aber dann, dass man eigentlich schon satt ist und keine Lust auf einen Hauptgang hat. In manchen Fällen aber, werden nur Vorspeise und Dessert genossen.

Auch hier zeigt sich, dass manche Menschen »Naschkatzen« sind und andere wiederum lieber Pikantes zu sich nehmen. Besonders bei Männern findet man sehr viele »Schleckermäuler«, wohingegen Frauen sich sehr oft für die pikanten Vorspeisen und feurigen Suppen erwärmen. Erst wenn diese beiden Gänge zu ihrer Zufriedenheit ausgefallen sind, kommt der Hauptgang. Zum Dessert lassen sie sich zwar hin und wieder überreden, es ist jedoch, wie auch der Hauptgang, für ein »perfektes Mahl« nicht erforderlich. Vorspeise und Suppe können oft dermaßen erfüllend und Glück bringend sein, dass ein Hauptgang oder die Nachspeise gar nicht mehr notwendig sind. Im Gegenteil; es wäre zuviel des Guten. Dieses Prinzip gilt jedoch nicht nur für die Konsumation, sondern sehr oft auch für die Zubereitung. Der eine ist ein Virtuose in der Patisserie, der andere ein Künstler bei der Herstellung von Pikantem und im Bereich der Süßspeisen-Kreationen nur durchschnittlich.

So verweigern Frauen nicht nur im kulinarischen Bereich oft das Dessert aus kalorien-technischen Gründen, sondern nehmen auch im zwischenmenschlichen Leben nur hin und wieder etwas Süßes zu sich. Dann aber mit größtem Genuss und ohne schlechtem Gewissen. Wie bei einer ausgewogenen Diät …

»Lerne zu sehen!«

Öffne deine Augen!
Damit du siehst, was sich hinter der Fassade verbirgt.
Manchmal ruhen wahre Schätze in einer unscheinbaren Verpackung.

Schließ die Augen!
Lerne wegzuschauen, damit du nicht
von Trugbildern getäuscht wirst.

Lerne zu hören!
So hörst du auch die echten Wahrheiten.
Nicht immer ist das, was laut ist, auch das »Wahre«!
Öffne deine Ohren! Auch für die Stimme in dir selbst!

Hör nicht hin!
Manchmal hat es sein Gutes, nicht alles zu hören.
Nicht jeder Ton ist es wert, in deine Seele einzudringen.

Erkenne was wichtig ist!
Betrachte alles mit neuen Augen!
Schärfe deinen Blick um zu erkennen,
was wirklich zählt.
Vieles in unserem Leben ist leerer Tand,
ohne »Eigenleben«, ohne »echten Sinn«. Entbehrlich, überflüssig. Konzentriere dich auf das Wesentliche!

Halte fest an dem was Bestand hat!
Beschütze und verteidige es.
Auch wenn du damit auf Widerstand
oder taube Ohren stößt. Die wichtigen Dinge im Leben sind
es wert, dass man für sie gerade steht.

Verändere!
Bleib nicht stehen!
Viele Dinge in unserem Leben hätten wir gerne anders.
Besser, schöner, ruhiger, lauter, aktiver.
Beweg dich und beginne zu verändern,
was dir nicht gefällt.
Beginne bei dir, deiner unmittelbaren Umwelt.

Schweige!
Halte dich zurück mit eigenen Worten,
wenn ein anderer nur dein Ohr sucht.
Hör zu und schweige.
Nur so findest du heraus,
was dein Gegenüber wirklich zu sagen hat.

Schreie!
Fürchte dich nicht zu schreien, wenn es notwendig ist.
Oft ist eine laute Stimme die letzte Möglichkeit andere wach
zu rütteln. Schreie aber nur,
wenn's notwendig ist.
Sonst wird dein Schrei bald nicht mehr gehört!

Warte!
Handle nicht unüberlegt.
Warte geduldig auf den richtigen Moment,
damit deine Gedanken und Taten auf
fruchtbaren Boden fallen.

Warte nicht!
Auf große Veränderungen oder schnelle.
Suche »den Weg der kleinen Schritte« und finde
die »kleinen Wegweiser« in deinem Leben, die dich
darin bestätigen, auf dem richtigen Weg zu gehen.

Schluck es runter!
Lerne deine Gefühle zu beherrschen.
Manchmal ist es besser, über etwas erst in aller Ruhe nachzudenken, bevor man seine Meinung kundtut. Schluck erst mal
runter, was du zu sagen hättest
und lerne »wiederkäuen«...

Schluck nicht alles!
Besinne dich und entdecke was dir wichtig ist.
Für das lohnt es sich, sich laut zu wehren.
Das Unwichtige schlucke runter,
das Wichtige schrei hinaus.
Du musst nur lernen, den richtigen Ton zu wählen.
Denn »der Ton macht die Musik«!

Unterschätze dich nicht!
In jedem von uns liegen Talente.
Manchmal lange verborgen, tief in unserem Inneren.
Achte auf den richtigen Moment und
du wirst über dich hinauswachsen.
Zu deinem Wohl, aber auch zur Freude der anderen!

Schöpfe aus dem Vollen!
Nimm Hilfe an!
Erkenne die ausgestreckte Hand und greif zu!
Lass dir helfen,
wenn du dir selbst nicht mehr helfen kannst.
Vertraue auf die selbstlose Hilfsbereitschaft
 deiner Mitmenschen.

Fülle das Fass!
Vergiss nie, dass du ein Fass weder rechtzeitig
füllen musst, wenn du oft heraus schöpfen möchtest.
So ist es auch im Leben in der Gemeinschaft.
Wenn du nicht in der Lage bist, das Fass zu füllen bevor du
daraus schöpfst, erinnere dich daran
es zu tun, sobald es wieder möglich ist.

Erkenne dich selbst!
Nicht alles was wir tun und sagen
kommt wirklich aus uns selbst.
Oft überdecken Gewohnheiten und
Einflüsse von Außen
unser »Wahres Ich«. Suche es und lerne zu spüren,
wo deine Stärken herkommen.
Nicht alles ist angeboren oder liegt in den Genen.
Fühle die Nähe des Herrn, danke ihm für die Kraft, die in dir
steckt und.... lass' deine Energie fließen!

Wenn sich mehrere Bächlein vereinen,
kann ein starker, mächtiger Strom entstehen,
der andere mit sich reißt.
Dieser Strom erfüllt die »ausgetrocknete Landschaft«
mit neuem Leben!
Zu unserem eigenen Wohl und
zum Wohl Deines Nächsten!

Computerspiele

Auf dem Markt befinden sich,
Dinge, die sind fürchterlich.
Zielen auf des Käufers Kind.
Es will's haben, sonst es spinnt.
»Jeder Freund hat's lange schon«,
klingt der vorwurfsvolle Ton.
Nur es selbst nicht, armes Wurm,
hat so einen Spiele-Turm.

Hat man dann erstanden teuer,
so ein Computer-Ungeheuer,
dazu genommen ein, zwei Spiele,
geben tut's unendlich viele.
Installiert und angeklickt,
das Kind ist ganz und gar entzückt.
Und versinkt für Stunden, Tage,
virtuell, ganz ohne Klage.

Nichts mehr isst und nichts mehr spricht,
nur mehr spielt, der kleine Wicht.
Bis die Augen sind ganz rot …
und der letzte Gegner tot.
Denn bei vielen dieser Spiele
geht's darum wie viel ich »kille« …
Abgeschossen, tot gestochen,
oder ganz und gar zerbrochen.

Mit schweren Waffen »spielt« das Kind
und merkt gar nicht, dass es wird wild.
Kann dann oft nicht mehr unterscheiden
das Spiel vom Leben, und vermeiden,
dass die Gewalt vom Spiele-Turm
frisst sich wie ein ganz böser Wurm
in das Gemüt des lieben Kleinen.
So wie ein Dämon, möcht' man meinen.

Keine Bücher in der Lade,
keine Freunde, das ist fade,
kein Gespräch mit Menschen mehr …
nur mehr der Blech-Computer.
Hallo! Eltern, aufgewacht!
Habt beim Kauf Ihr das bedacht?
Tut etwas dagegen schnell!
Lesen macht die »Birnen hell!«

Auch mal plaudern und auch spielen.
Gemeinsam auf den holz'nen Dielen
lachen und sich balgen, drücken,
wird euer Kind noch mehr entzücken,
als das Glotzen in den Kasten.
Der soll ruhig auch mal rasten …!
Nicht »überhaupt nicht«, nur nicht zu viel.
Alles halt mit Maß und Ziel!

Das Los der Frauen

Es scheint das Los so mancher Frauen,
dass sie nur sollen »wiederkauen«,
was ihr gestrenger Angetrauter
ihnen so mitteilt … manchmal lauter.
So habe ich sehr viele Jahre
geschluckt und ich hab graue Haare
davon und von dem »Bügeln«
um schlechte Stimmung dann zu zügeln.
Bis dann der Tag kam, der gewisse,
an dem meine Gewissensbisse
gewichen sind in höchster Not.
Gott sei gedankt! Sonst wär' ich tot …

Vom vielen Schlucken übler Worte
hatt' ich Gastritis übelster Sorte
und sonst noch einiges am Kopf …
Ich war ein richtig armer Tropf.
Doch eines Tages kam ich drauf,
dass ich 'nen Psychiater brauch'
wenn ich nicht bald komme zu mir.
Das war nicht leicht, das sag ich Dir!

Doch bin geübt ich sehr im Denken
und kann so manch' Gefühl gut lenken.
Wie Baron von und zu Münchhausen
zog ich am Zopf. Nun bin ich draußen!
Hab nun gelernt, dass das »nur-Buckeln
und Lächeln« und das »Runterschluckeln«
des lieben, guten Friedens willen
führt nur unweigerlich zu Pillen.

So steh ich nun, grad wie ein Stamm,
bin eine Frau die sehr viel kann,
sag freundlich was ich oft mir denke,
brauch keine »Versöhn-Not-Geschenke«.
Nur, dass ich werde gut behandelt
und nicht mit Grant nur angesandelt.
Denn ich bin »cool«, das weiß ich nun.
Im Haus, als Mutter viel zu tun,
doch will und kann ich nicht vergessen,
den Nächsten … auch wenn es kann stressen.

Ganz in mir drin, spür ich nun Wärme
und nicht nur brodelnde Gedärme.
So hab beschlossen ich ganz fest,
dass es sich nur gut ruhen lässt,
wenn »innen drin« herrscht Ruh' und Frieden.
Der Streit wird, wenn es geht, gemieden …
Ich stoß' zwar immer noch auf Frust,
doch hab' zum Streiten ich nicht Lust.
Und so muss dann mein Gegenüber
verzupfen sich, samt seiner Glieder
und anderswo 'nen Gegner suchen
mit dem er kann dann schrecklich fluchen …

»Ja, geh' nur …«

»Ja, geh' nur fort, mein lieber Schatz!«
Wer kennt den nicht, den kurzen Satz.
Gemeint ist nicht das Gleiche, schau,
wenn spricht ihn Mann oder gar Frau.

Die Frau ihn meint als »Hab viel Spaß!
Erhol dich gut und gib auch Gas.
Dann komm zurück ins traute Heim,
entspannt und glücklich sollst Du sein!«
Ganz ungeniert tut das der Mann,
er spielt dann Golf, wenn er es kann.
Auch Tennis, Rad fahr'n oder Bowlen
mit Freunden und auch lautem Johlen.
Auch Bier und Wein sind mit dabei.
Plus 'ne Zigarre, eijeijei!!!!

Wenn doch ein Mann ihn spricht, den Satz,
macht Unmut sich in ihm gleich Platz.
Er weiß zwar, er muss gehen lassen
sein Weib, durch »fremde, dunkle Gassen«.
Vielleicht sie hat auch wirklich Spaß!
Um Gottes Willen, darf sie das?
Die Zeit die sie verbringt ohn' Zügeln
sollt' sie doch lieber zu Haus' bügeln
und kochen und auch Kinder hüten.
Vielleicht auch noch im Garten wüten.
Gestohlen ist die Zeit für ihn …
Doch besser ist's, er lässt sie zieh'n!
Denn sonst wird sie dann irgendwann
davonlaufen, so weit sie kann.

Die Ehe soll kein Gefängnis sein,
es muss ein bisschen Freiheit rein.
Die Frau braucht neben Kindern jung,
ein bisschen andere Abwechslung.
Sonst trocknet ein ihr Witz und Charme,
und dann sitzt sie nur rum ganz arm.

Sie weiß genau, dass sie verblüht,
doch viel zu schnell dieses geschieht.
Mit 40 Jahren, welch ein Graus,
wäre dann ihr ganzes Leben aus?
»Das kann's nicht sein! So geht das nicht!«,
wirft sie ihm dann in sein Gesicht.
Und ER, nach längerem Gezeter,
tut so, als ob das auch versteht er.
Dann lächelt er und spricht den Satz:
»Ja, geh' nur fort, mein lieber Schatz!« ...

Der Vampir

Ein Mensch, sehr freundlich steht er hier.
Sieht gar nicht aus wie ein Vampir.
Es fehlen ihm in seinem Munde,
die langen Zähne, die 'ne Wunde
in einen Hals hinein sich beißen.
Man sieht sie nicht, nur alle weißen.
Man denkt »Ein Mensch, ein so ein netter!«
Und dann erst, viele Monat' später
bemerkt man dann, dass man so leer.

Was soll denn das? Ich bitte sehr?
Ganz leise und ohne viel Wind
hat der Vampir, so wie ein Kind,
gelächelt und dich lieb beäugt
und dabei dich ganz ausgesäugt.
Du lieber Freund, gib mir doch dies!
Wie jetzt doch gleich dein Passwort hieß!
Ach sei nicht so, bin doch dein Freund,
es gibt so vieles was uns eint!

Und du, du blinder, treuer Narr,
gibt's Liebe, Zeit und Nachsicht gar.
Und merkst nicht, dass er dich benützt
und dich vor nichts und niemand schützt.
Wenn du was brauchst, ist er dann stumm.
Grad keine Zeit, ach das ist dumm!
Du lieber Freund, sei mir nicht gram,
beim nächsten Mal dann bin ich dran.
Man selbst auch sehr viel schlucken muss,
kriegt Ärger nur und keinen Kuss.

Bei jeder kleinsten Kleinigkeit,
ist jener zu 'nem Kampf bereit.
Erst wenn dir dann der Kragen platzt
und du dir Ärgerbeulen kratzt,
geht auf ein Licht dir, hell und klar,
und du erkennst, was wirklich wahr.
Dass er, dein lächelnder Kumpan,
ist ein Vampir, der zapft dich an.

Nun heißt es schnell die Bremse ziehen,
und sich zurück selbst, sogar fliehen,
da Leute dieser »Sauger-Truppe«
gehören zur »Hängenbleiben-Gruppe«.
Da hilft dann Kreuz und Knoblauch nicht,
ein klärendes Gespräch ist Pflicht.
Wenn das nichts nützt, dann rat ich Dir,
dass Du Dich, ohne Tand und Zier,
entscheidest zu suchen das Weite rasch,
sonst steckt er wieder dich in die Tasch'!

Der Kuss der Muse

Ich wach' oft auf, zu früher Morgenstund'
und spür' den »Musenkuss« noch auf dem Mund.
Da macht's nicht Sinn im Bett zu weilen,
ich muss zur Tastatur dann eilen,
und lasse fließen meine Worte
in diese große »Datenpforte«.
Oft denk ich nicht, was ich jetzt schreibe,
es rinnt aus meinem Kopf und Leibe
und formt sich so zu ganzen Sätzen,
die sich zu einer G'schicht vernetzen.
Will mich nicht hervortun im Größenwahn,
ich »schreibe« halt, weil ich nicht anders kann.
Ich hoffe auch, dass all mein »Denken«
auch anderen kann Hilfe schenken,
die nicht so gut in »Geistessachen«
und so auch keinen Fortschritt machen.
Die Worte sind hier nur die Brücke
vom »Geist« zum »Leben« – eine »Krücke«.
Ich schreib' auch nicht um Ruhm zu ernten!
Ich mach's damit in weit entfernten
Zeiten meine Kinder in Form der Schrift
dann lesen »warum alles so ist wie es ist«....
Wem es nicht gefällt, der schaue weg
und lege meine Texte in ein »Eck«.
Dort warten diese auf den Tag,
an dem sie jemand lesen mag,
der Hilfe braucht, so ist das eben.
Ich hoffe mein Text kann sie dann geben.
So »denke« ich und schreibe weiter,
mal ernsthaft, doch sehr oft auch heiter …

Hormone

Mit 10 klingt leise ein milder Ton.
Langsam erwacht nun dein Hormon.

Mit 20 ist's Hormon am Steuer
und füllt dich an mit Liebesfeuer.

Mit 30 bringt's Hormon nicht minder,
dir eine große Menge Kinder.

Mit 40 spürst du die Hormone
bei deinen Kindern, was nicht »ohne«!

Mit 50 spielen sie verrückt …
Vom Arzt wirst du dann »nachbestückt«.

Mit 60 denkst du, ist's vorbei
mit »hormoneller Steuerei«.

Doch noch mit 70, nicht die Bohne,
kümmern sich darum die »Mann-Hormone«.

So sind Hormone, das ist heiter,
getreulich deine Wegbegleiter!

Der Stein der Weisen

Suchst du auch den »Stein der Weisen«?
Lässt Gedanken um ihn kreisen,
wie du kommst an Glück und Geld
und Erfolg auf dieser Welt?
Mühst dich ab und kämpfst wie wild,
dass es deine Sehnsucht stillt?

Hast vergessen ganz und gar,
wie es in der Kindheit war?
All das Lachen und die Träume,
auch das Klettern auf die Bäume
und das Glück, das du empfunden,
wenn mit Freunden du verbunden?

Komm zurück auf diesen Weg!
Reichtum ist ein schmaler Steg,
der dich stürzt sehr leicht ganz tief
und dann liegst du wirklich schief.
In dir selbst da finde Frieden,
nur so ist dir das Glück beschieden.

Dann ist dieser weise Stein
in dir drin, für dich allein
und für alle, die du liebst
wenn du DICH dann ihnen gibst.
Das Gefühl, das kommt zurück,
ist des wahren Lebens Glück.

Gedankenlesen? Gedanken lesen ...

W er kann schon »Gedankenlesen«? Manchmal wäre es ganz hilfreich, in den Kopf des Anderen hinein sehen zu können, um zu wissen, was er wirklich meint oder denkt. Oft begnügen sich die Menschen damit, nur einen Bruchteil dessen, was sie sich denken, in Worte zu fassen. Einerseits deshalb, um den Anderen nicht zu verletzen, andererseits aber auch, weil ihnen ihr Gegenüber nicht soviel wert ist, dass sie ihr Innerstes Preis geben. Manche Gedanken sind auch, wenn sie ausgesprochen werden, zu schnell verflogen, um sich über den wirklichen Sinn klar zu werden. Auch wenn der Moment oder die Verfassung des Gesprächspartners dafür nicht hundertprozentig passt, verfehlen sie oft das eigentliche Ziel. Aus diesen Gründen habe ich begonnen zu schreiben.

Nicht um literarischen Ruhm zu ernten oder weil ich glaube, dass ich eine absolute Meisterin des Wortes bin. Ich schreibe, weil ich denke und weil ich glaube, dass die viele Zeit und Mühe, die ich mit »Nachdenken« verbracht habe, zu einem guten Ergebnis geführt haben. Vor einiger Zeit habe ich, beim »Zusammentreffen« mit einem Problem, mein Verhalten geändert. Statt die Augen zu verschließen und es zu verdrängen, versuche ich Gründe zu finden, weshalb das Problem überhaupt eines ist und weshalb ich reagiere, wie ich reagiere.

Diese Methode ist zwar manchmal schmerzvoll und man entdeckt Erlebnisse und auch Schatten aus seiner Vergangenheit, die man bisher lieber »vor sich selbst versteckt« hat, sie hat aber den großen Vorteil, dass man sein eigenes ICH und sein Unterbewusstsein kennen lernt. So versteht man sich selbst besser und wundert sich nicht über seine »eigenartigen Reaktionen« in manchen Situationen. Es erschreckt einen selbst auch nicht mehr, dass man manchmal mit extremer Wut oder

Verwundbarkeit auf sein Gegenüber reagiert, wenn bestimmte Themen angesprochen werden.

Der Mensch ist nicht perfekt. Das wäre auch fad und »unmenschlich«. Der Mensch ist auch keine Maschine, die immer ordnungsgemäß funktionieren muss. Der Mensch ist ein Mensch und… jeder Mensch ist ein Mensch! Menschen reagieren und agieren menschlich. Und das »Menschliche« hat viele Facetten.

Da ich weiß, dass dieses »Nachdenken« eine mühsame Angelegenheit ist und viele Menschen es sich selbst auch gar nicht zutrauen, biete ich meine Texte zum Lesen an. Dies soll ein erster Schritt für diejenigen sein, die sich in weiterer Folge – aus eigener Kraft – mit sich selbst beschäftigen wollen und die »Schattenkrieger« ihres Lebens besiegen oder zumindest sehen wollen. Angreifer, die man sieht und erkennt, sind nicht mehr so Furcht erregend!

Manchmal sind meine Texte auch »verpackt«. Ich habe ihnen den Mantel einer Fabel oder eines Märchens umgehängt. Oberflächlich betrachtet ist es vielleicht nur eine halbwegs »nette Geschichte«, aber wer genauer hinschaut kann entdecken, was zwischen den Zeilen steht. Nur, lesen ohne zu denken geht nicht. Dem, der aber richtig liest und über die einzelnen Texte nachdenkt, eröffnen sich ganz neue Perspektiven, die seine eigene Sichtweise der Dinge verändern können. Und diese Veränderung kann manchmal bei der Lösung von eigenen Problemen Wunder wirken. Wer, was herausliest, liegt auch, wie bei vielen Dingen im Leben, im Auge des Betrachters. Also schreibe ich weiter, wenn mir etwas aus den Fingern rinnt, das in meinen Augen wert ist, darüber zu schreiben …

Eintagsfliege?

Als mein erstes Buch bei einem Verlag angenommen wurde, wurde ich gebeten einen Fragebogen auszufüllen, um es den Mitarbeitern des Lektorats zu ermöglichen, mich besser einzuordnen.

Unter anderem fand ich die Frage »Haben sie vor, weiter zu schreiben?«. Ich stutzte ganz kurz und dachte nach. »Erwarten sie schon jetzt ein weiteres Manuskript? Wollen sie sicher sein, dass ich keine »Eintagsfliege« bin?« …

Plötzlich fiel es mir wie Schuppen von den Augen. Die einzig richtige Antwort auf diese Frage. Natürlich schreibe ich weiter! Ich könnte es gar nicht stoppen! Ich könnte es nicht unterdrücken, denn meine Gedanken melden sich dermaßen laut zu Wort, dass ich unbedingt daraus Worte formen muss, die dann zu Papier gebracht werden.

Ich überlege auch nicht, zu welchem Thema ich etwas schreiben möchte oder in welcher Form. Erzählung, wissenschaftlich Angehauchtes, Märchen oder Gedicht, Lustiges und Ernstes, Lyrik oder Prosa, alles ist möglich. Die Gedanken und Gefühle entstehen von ganz allein und ich muss mich nur noch zum Computer setzen und aufschreiben, was ich in meinem Kopf und in meinem Herzen habe. Ohne große Anstrengung. Auch die Formulierungen ergeben sich von selbst … und genau das ist der Punkt. Ich schreibe nur, was ich selbst spüre. An mir, an anderen, mit anderen … Das Schreiben hilft mir nur dabei, meine Gedanken zu ordnen. Es zwingt mich geradezu dazu. Durch den Wunsch etwas zu Papier zu bringen, zwinge ich mich selbst, über die Dinge genauer nachzudenken, sie genauer und intensiver zu betrachten. Erst wenn ich glaube ein Thema von allen, mir zur Verfügung stehenden, Seiten betrachtet zu haben, setze ich mich zum PC. Und dann geht's ganz schnell…. Die Hauptarbeit ist das Denken. Das Aufschreiben ist nur mehr der letzte Schritt. Und ich genieße alle Schritte! Sowohl das Nachdenken als auch das Aufschreiben. Das wird auch immer so bleiben, bis zu meinem letzten Atemzug.

Also werde ich weiter schreiben, ob meine Texte nun publiziert werden oder nicht. Das ist nicht das Wichtigste. Die Hauptsache für mich ist, dass meine Kinder, wenn sie ein bisschen größer sind, nachlesen können, was in ihrer Mutter vorgegangen ist. Vielleicht tun sie sich dann in ihrem eigenen Leben ein bisschen leichter.

»Menschen-Menschen« , »Dinge-Menschen«

M enschen sind unterschiedlich. Sie haben unterschiedliches Aussehen, unterschiedliche Stimmen, unterschiedliche Berufe, Hobbys, etc. ... und sie haben unterschiedliche Prioritäten. Das ist gut so, denn so werden alle Bereiche abgedeckt. Die Äußerlichkeiten dienen dazu, uns von einander zu unterscheiden oder, uns in Interessens-Gruppen zusammen zu finden. Die inneren Prioritäten bestimmen, was wir gerne tun und was auf welcher Stufe unserer persönlichen Werteskala zu finden ist. Es gibt Menschen, denen der Kontakt zu anderen Menschen besonders wichtig ist, andere beglückt es, Dinge zu besitzen. Beides ist in meinen Augen in Ordnung und ich bewerte weder die eine noch die andere Einstellung als besser oder schlechter.

Die einzige Ausnahme sehe ich, wenn ich an die Berufswahl denke. Wenn ein »Dinge-Mensch« einen Beruf im sozialen oder seelsorgerischen Bereich gewählt hat, aus welchem Grund auch immer, dann wird er irgendwann spüren, dass er fehl am Platz ist. Oder jemand anders bekommt es zu spüren.

Ich persönlich fühle mich jedoch eindeutig wohler in der Gruppe der »Menschen-Menschen«. Viele, wenn nicht alle, meiner richtigen Freunde sind auch Clubmitglieder in diesem Verein. Wir freuen uns zwar über manche Dinge, wirkliche Glücksgefühle empfinden wir aber nur beim Umgang mit Menschen. Für ein gutes Gespräch, einen lustigen Gedankenaustausch oder auch eine ernsthafte Unterhaltung mit einem Gleichgesinnten, lassen wir so manches »Ding« links liegen. Es ist dann auch vollkommen egal, ob dieses Gespräch im Garten, Restaurant, Kaffeehaus oder auf der Straße geführt wird. Manchmal ist auch der Weg des Briefes oder eines Emails genau das Richtige. Im Normalfall bevorzugen diese Menschen zwar die Stimme oder den Augenkontakt, aber auch nur das geschriebene und gelesene Wort kann einen mit »good vibrations« ausfüllen. Natürlich gibt es auch in diesem Bereich eine Schattenseite. Wenn man ein »Mensch-Mensch« ist, können einem nur Menschen richtig wehtun. Nicht nur mit dem sie etwas sagen oder tun, was dich schmerzt, auch durch die Tatsache, dass dieser Mensch gerade in einer Situation steckt, die IHN schmerzt. Dann fühlt man mit, dann leidet man ein bisschen mit und empfindet die Sorgen des anderen ein bisschen so, als wären sie die eigenen. Wenn »Dinge-Menschen« leiden, dann ist meist etwas kaputt gegangen oder wurde beschädigt. Das neue Auto hat einen Kratzer, der Fernseher flimmert, der Holzfußboden wurde zerkratzt, die Hausfassade ist abgeschlagen. All das tut einem »Dinge-Menschen« wirklich weh. Dann leidet er, auch in und mit seiner Seele.

Ich kann zwar verstehen, dass er leidet, nur nachfühlen kann ich es nicht so gut. Klar mag ich auch nicht, wenn absichtlich etwas demoliert und zerstört wird und ich versuche es zu verhindern. Aber wenn's passiert ist, ist's passiert….. und dann kann man es entweder reparieren lassen, sich an den »neuen« Zustand des Dings gewöhnen oder irgendwann ein neues Ding kaufen. Der große Unterschied zum Leid eines »Menschen-Menschen« ist jedoch, dass bei »Beschädigungen« im menschlichen Bereich nichts leicht repariert werden, man sich an »Wertminderung« nicht wirklich gewöhnen, und schon gar nichts »neu gekauft« werden kann. Das macht die Sache zwar kompliziert, aber man wird sich als »Mensch-Mensch« einfach viel bewusster, dass man viel vorsichtiger mit Menschen umgehen muss, als mit Dingen. Und man muss Menschen viel intensiver und regelmäßiger »pflegen« als die exotischte Pflanze!

Also poliere ich keine Autos auf Hochglanz, vergolde nicht meine Ohren oder meinen Hals und hülle mich nicht in Designer-Outfits, sondern ich befasse mich mit Menschen aller Altersgruppen und jeglicher Prägung. Das erfüllt mich mit »good vibrations« und dabei tanke ich Energie, die ich dann an andere, in Form von »good vibrations«, weitergeben kann. Dabei ist es dann unwichtig, ob das dann »Mensch-Menschen« oder »Dinge-Menschen« sind ...

Schreibblockade

Herr Soundso ist mit der Ablieferung seines Manuskripts stark im Verzug. Er leidet derzeit unter einer Schreibblockade ...«. Diese Worte hört man immer dann, wenn ein Mensch, der seine Worte zu Papier bringt, gerade nicht fähig ist zu schreiben.»Armer Mensch!«, denkt man dann vielleicht. »Er ist total blockiert!« Was aber ist eine »Schreibblockade«? Dazu muss man sich in die Lage eines Schriftstellers versetzen. Was tut er? Er schreibt. Was schreibt er? Er schreibt seine Gedanken auf, bringt sie zu Papier. Warum kann er in diesem Moment nicht schreiben? Weil er blockiert ist. Wo ist er blockiert? Im Denken.

Wenn ein Mensch in seinem Denken blockiert ist und in seinem Kopf Worte und Sinn hin und her zischen, er die Zusammenhänge nicht sehen kann und die Wort-Bausteine nicht zu sinnvollen Sätzen zusammenbauen kann, dann kann er auch nicht schreiben. Wenn er versuchen würde, trotzdem etwas zu Papier zu bringen, wäre das ungeordnet, unzusammenhängend und unverständlich. Denn sein Verstand sagt ihm, dass es noch nicht soweit ist, ans Schreiben zu denken. Er muss sich dann einfach nur Zeit nehmen und Ruhe, um über die wirren Dinge, die sich in seinem Kopf abspielen, nachzudenken, sie zu analysieren und von allen Seiten zu betrachten. Dabei darf er aber auf keinen Fall darauf vergessen, auch seine Gefühle mit ins Spiel zu bringen.

Wenn dieser Prozess dann abgeschlossen ist, kann er wieder schreiben und erst dann kommt etwas Sinnvolles heraus. Vielleicht nicht für jedermann lesbar und klar verständlich, aber für ihn selbst und das ist das Wichtigste. Die »Schreib-« oder besser die »Denk-Blockade« hat sich dann in Luft aufgelöst und der Mensch kann ohne Anstrengung alles zu Papier bringen, was in seinem Kopf ist. Die Worte fügen sich von ganz alleine zu sinnvollen Sätzen zusammen und er muss nur noch die Gedanken durch seinen Körper in seine Fingerspitzen »fließen« lassen … Das war's! So einfach ist das.

In manchen Situationen braucht der Mensch einfach Ruhe und Zeit für sich selbst, um heraus zu finden, was er denkt, wie er Dinge sieht, was richtig und was falsch ist. Erst wenn er darüber absolute Klarheit in seinem Innersten hat, kann er es niederschreiben oder glaubwürdig auf anderem Weg verbreiten. Wenn der Nachdenkprozess nicht bis zum Ende abläuft, werden die Worte nicht authentisch, und im wahrsten Sinne des Wortes, »leere Worte« sein… Und so etwas kann sich nicht gut verkaufen und bringt dem Autor auch selbst keine Zufriedenheit mit seinem Werk.

Man sollte somit eigentlich froh sein, wenn ein Mensch eine »Schreibblockade« hat, denn so kann man sicher sein, dass er nur dann seinen Gedanken in schriftlicher Form »freien Lauf lässt«, wenn sie das ausdrücken, was er wirklich meint…. Und das ist wichtiger, als einen Termin einzuhalten! Nur dann verkauft sich ein Buch gut, wenn die Leser sich darin selbst wieder finden können. Ich möchte sogar meinen, dass eine »Sprech-Blockade« in manchen Fällen auch ganz nützlich wäre, damit nicht soviel »Unbedachtes« aus so manchem Mund schlüpft. Somit rufe ich: »Ein dreifach Hoch auf die Schreibblockade und den Denkprozess!«

Heimatgefühl

Hier fühle ich mich wie zu Hause!«, »Fort ist's schön, aber zu Hause ist's am schönsten!«, ... All diese Sätze drücken das vertraute Gefühl der Geborgenheit aus. Das Gefühl an dem Ort zu sein, an den man gehört, an dem seine eigenen Wurzeln sind. Wo man sich rundum wohl fühlt und Kraft schöpfen kann. Der Ort an dem man seinen Gedanken friedlich seinen Lauf lassen kann und an denen man innerlich zur Ruhe kommt. Diese Heimat-Orte sind aber nicht an eine bestimmte Adresse gebunden. Ich habe festgestellt, dass ich mich an einigen Orten auf dieser großen, weiten Welt »zu Hause« fühle. Bestimmte Gegenden, Räume oder Menschen erwecken in mir das Gefühl daheim zu sein. Ganz ICH sein zu können. Meine Seele beginnt sich frei zu fühlen und breitet ihre Flügel aus, um ein Stück weit zu fliegen. Ich finde wieder zu mir selbst und mein Kopf entspannt sich. Ich kann loslassen und einfach nur »sein«. Manche Menschen nennen diese Orte »Kraft-Orte«, weil sie Kräfte wieder auftanken können, die im täglichen Leben für Kämpfe, die geführt werden mussten um sich selbst treu zu bleiben, verbraucht wurden. All diese »Orte« haben eines gemeinsam. Sie sind friedvoll und »ungefährlich«. Sie sind ursprünglich und gerade heraus. Sie sind unverfälscht und lassen es zu, dass ihr innerstes Wesen zu Tage tritt. Diese Offenheit übertragen sie auf mich und ich kann mich fallen lassen, ohne Vorsichtsmaßnahmen treffen zu müssen, damit ich nicht hart aufschlage. Morgens zum Beispiel, wenn ich auf meiner Terrasse sitze und in Richtung Osten schaue, die Vögel beobachte und auf den Sonnenaufgang warte. Dann lösen sich alle Spannungen und ich ruhe tief in mir in vollkommenem Frieden. Oder mitten in der Wildnis British Columbias. An einem bestimmten Punkt dieses unendlich scheinenden, weiten Landes, habe ich das Gefühl, dass ich genau hierher gehöre, respektive ein großer Teil von mir. Mit meinen Augen kann ich einen Einblick in meine Seele tun, die sich in Form einer Landschaft vor meinen Füßen ausbreitet. Ein Glücksgefühl, ganz tief in mir drin, das so rein und schön ist, dass ich es beim besten Willen nicht beschreiben kann. Auch bei manchen Menschen habe ich das Gefühl »zu Hause zu sein«. An erster Stelle stehen meine Kinder. Jedoch nicht uneingeschränkt, da auch sie Persönlichkeiten sind, die aus verschiedenen »Gegenden« bestehen. In der einen Gegend fühle ich mich wohler, als in der anderen. Dennoch, trotz all ihrer Unterschiedlichkeit und Verschiedenheit ihrer Ausprägung, stehen diese drei Menschen mir am nächsten und ein großer Teil von mir findet bei und in ihnen seine Heimat. Es gibt jedoch auch Menschen, mit denen ich nicht verwandt bin, die in mir das Gefühl von »Heimat« auslösen. In ihrer Nähe fühle ich mich geborgen und sicher, kann über alles reden, ohne Angst haben zu müssen, missverstanden zu werden. Ich kann mein Innerstes öffnen und sicher sein, dass es nicht verletzt wird. Gerade in diesen »innigen« Momenten passiert es dann, dass ich auch die Möglichkeit bekomme, in den anderen Menschen hinein zu schauen. Und ich erkenne dann, dass wir im Gleichklang sind, dass wir »aus einem Holz« geschnitzt sind. Vielleicht sind wir noch unterschiedlich weit in unserer persönlichen Entwicklung, aber der Weg ist derselbe.

Nicht nur der gleiche … derselbe! Dann versuchen wir, uns gegenseitig genau zu betrachten und tun unser Bestes um innere Wunden, die uns gezeigt wurden, zu heilen. Auch braucht man für die Betrachtung des eigenen »Innenlebens« eine gewisse Erfahrung und derartige Gespräche helfen einem selbst, seine Betrachtungen zu analysieren und sich neue Sichtweisen anzueignen. So fühle ich mich an einigen »Orten« wie zu Hause… weil sie jeweils für einen Teil von mir »Heimat« bedeuten.

Selbstlosigkeit

W ir danken ihr/ihm, für ihr/sein selbstloses Handeln!«... Dieser Satz wird immer dann ausgesprochen, wenn man sich bei jemandem dafür bedanken möchte, dass er sein eigenes »Schneckenhaus« in einer Krisensituation eines Mitmenschen verlassen hat, und über das Maß an »normaler Hilfe« hinaus, mehr getan hat. Teils sogar weit über seine eigenen Grenzen hinausgewachsen ist. So sieht man, speziell im heutigen Sprachgebrauch das Wort »Selbstlosigkeit«. Aber, ist Selbstlosigkeit nicht genau das Gegenteil?

Hat ein Mensch nicht eben aus »Selbstlosigkeit« sein wahres »Selbst« gezeigt? Sein wahres Gesicht? Sein Innerstes nach außen gekehrt? Sieht man nicht an wahrer »Selbstlosigkeit« das wahre Selbst eines Menschen?

Man kann nur über sich hinauswachsen, wenn der Keim des Guten in einem steckt. Und in jedem Menschen steckt so ein Keim. Wie groß dieser Spross ist, ist vorerst unerheblich. Er wächst langsam und unsichtbar im Inneren eines Menschen. Seine Nahrung besteht aus »gefühltem, empfundenem Gutem«, das ein Mensch aufnimmt und dieser Spross produziert dadurch immer mehr an Gutem, das er an die Umwelt abgibt. Wie ein Baum in der Natur, der Sonnenlicht und CO_2 aufnimmt und Sauerstoff ausstößt.

Im Laufe eines Menschenlebens kann dieser Keim, wenn er richtig gepflegt und versorgt wird, zu einem großen, starken Baum werden, dessen Wurzeln tief in der Seele eines Menschen verankert sind. Seine breite Krone nimmt durch die unzähligen Blätter an ihren Ästen, aus den unterschiedlichsten Richtungen CO_2 auf.... in Form von Gefühlen gegenüber Menschen, Tätigkeiten, die einem selbst Freude machen, guten Gesprächen, der Freude an Kindern, an der Natur in ihrer wunderbaren

Unterschiedlichkeit und Wandlungsfähigkeit, Verwirklichung der eigenen kreativen Ideen, Ruhe und Besinnung …

Das dadurch entstehende Potential an »Innerem Sauerstoff« kann dann an Mitmenschen abgegeben werden, die dringend eine »Sauerstoffmaske« benötigen. Ein solch »starker Baum« bietet aber auch einen »schönen Anblick«, wenn man gelernt hat, mit offenen Augen auf das Wesentliche zu schauen und er beschenkt seine Umwelt nicht nur mit Sauerstoff, sondern spendet zusätzlich Schatten, bietet Zuflucht, festen Halt und Schutz. Somit agiert man nicht »selbstlos« … sondern »selbst-haft«! Doch man darf niemals vergessen, dass ein Teil dieses »selbst-produzierten« Sauerstoffs unbedingt auch für einen »selbst« verwendet werden muss, sonst läuft man Gefahr, »selbst« zu ersticken … und wäre dann auf die »selbst-hafte Hilfe« anderer angewiesen. Nachdem aber leider in unserer schnelllebigen und konsumorientierten Gesellschaft nicht viele »selbst-hafte« Menschen herumlaufen, muss man schon ziemliches Glück haben, auf einen solchen Menschen zu treffen. Mit Gottes Hilfe und wenn man seine eigenen Augen, Ohren und sein Herz offen hält, kann man aber einen finden … oder er findet DICH!

Zufallsprinzip

N a das ist aber ein Zufall, dass wir uns hier treffen!«, »Zufällig haben wir dieses Buch in die Hand genommen und es entdeckt!«, »Als ich zufällig daran vorbei ging, kam er gerade heraus und wir liefen buchstäblich in einander hinein!« … Wer hat diese Sätze nicht schon einmal verwendet. Wenn irgendetwas von uns nicht geplant ist, dann passiert es eben zufällig. Und genau darum geht's. Um das ZUsammen-FALLEN. Das Zusammenfallen von Ereignissen, das Zusammenfallen von Menschen, die sich ohne Verabredung irgendwo wieder sehen, oder die Entdeckung von etwas, von dem man oft gar nicht weiß, dass man es gesucht hat.

Ich stoße durch »Zufall« manchmal auf Menschen. Ungeplant, ungezielt, ungesteuert. Eben »zufällig«. Im ersten Moment denke ich zwar oftmals »Ja, ja. Ein ganz netter Kontakt.«, aber bereits nach kurzer Zeit werde ich eines Besseren belehrt. Es ist fast nie nur ein »ganz netter Kontakt«. Es ist fast immer mehr, viel mehr. Diese »zufällig in mein Leben getretenen Menschen« füllen immer eine Lücke in mir, einen weißen Fleck auf meiner persönlichen Landkarte. Beschreiben ihn, lassen ihn besser zur Geltung kommen und, was mich dabei am meisten fasziniert, sie füllen eine Lücke, von der ich vorher gar nicht wusste, dass sie da ist. Diese »Lückenfüller«, nicht »Lückenbüßer«, das wäre etwas ganz anderes…, ergänzen mein Ich und machen aus mir einen vollständigen, rundherum symmetrischen Menschen. Diese Menschen sind es auch, denen ich mein Innerstes offenbaren kann, ohne Angst haben zu müssen, verletzt zu werden. Ich verschwende nicht einmal einen kurzen Gedanken daran, ob und wie ich ihnen etwas erzählen soll. Sie sind ja ohnehin bereits »in mir« und haben ihre Eignungsprüfung bereits bestanden. Nur wer die besteht, hat überhaupt eine Chance, soweit an mich und meine Gedanken heran zu kommen. Das ist aber nicht unbedingt eine Frage der Zeit. Beim einen dauert es Monate oder sogar Jahre, beim anderen nur Tage oder sogar nur Stunden. Manchmal weiß ich es sogar noch früher. Beim ersten Kontakt. Das kann ein Blick sein oder ein gesprochenes oder geschriebenes Wort. Wenn genau dieser Blick oder dieses Wort in mich eindringt, als wäre es die natürlichste Sache der Welt und in mir ein Gefühl der Wärme spürbar ist, dann hat es wieder einmal »gefunkt«. Ich meine jetzt keine verliebten Blicke oder eine Annäherung eindeutig körperlicher Art. Es sind ganz »normale«, alltägliche Blicke und Worte, die ihren Weg zu mir und in mich suchen und finden.

Sie machen mir erst bewusst, dass ich manches entbehren musste und es als unvermeidbar einfach hingenommen habe. Das ist wahrscheinlich eine Schutzreaktion der menschlichen Psyche, damit man nicht sein Leben lang wie wahnsinnig herumirrt und ein »aktiver Suchender« bleibt. Gewisse Bereiche füllen sich einfach von selbst, durch zufällige Begegnungen und Entdeckungen. Ganz ohne eigenes Zutun; wie von »Zauberhand« Man muss einfach nur offen sein und sich bewegen, damit man zufällig »getroffen« wird. Dann fällt gezielt zusammen, was zusammenfallen soll und das ist dann kein ZUFALL« mehr …

Intelligenzquotient

Dieser Mensch ist ja ein Genie! Er hat einen IQ von 130!«.
Ehrfurcht macht sich breit, zustimmendes Kopfnicken, bewundernde Blicke, anerkennende Pressemeldungen über herausragende Leistungen, ... Die Welt hat wieder ein neues Genie entdeckt! Das freut alle, lässt Hoffnung aufkeimen, dass nun alles besser wird. Ich bewundere intelligente Menschen. Ich erkenne an, dass sie über ein gut trainiertes Gehirn verfügen und die Menschheit in ihrer Gesamtheit mit ihren Erkenntnissen bereichern. Dafür bin ich dankbar. Das kann helfen, dass die Welt besser wird. Dass wir sie vollkommener hinterlassen, wenn es für uns Zeit ist zu gehen, als wir sie vorgefunden haben. Wie gesagt, es KANN helfen.

Nicht alle intelligenten Menschen setzen ihre Fähigkeiten jedoch zum Wohl der Menschheit ein. Manche Erfindungen und Entdeckungen bringen mehr Schaden als Segen. Selbst Alfred Nobel hat selbst festgestellt, dass seine Erfindung, das Dynamit, großen Schaden anrichten kann, wenn es verantwortungslos eingesetzt wird. Wenn die reine Geldgier und Geltungssucht die Triebfeder für Erfindungen ist, setze ich meinen Hut, den ich vorher vor der hohen Intelligenz gezogen habe, wieder auf. Ein hoher Intelligenzquotient ist gut... aber ohne einen hohen »Menschlichkeits-Quotienten« ist sie nur tote Materie. Ohne Gefühl und Umsicht, funktioniert die neue Erfindung zwar, wird die neue Entdeckung einen weißen Fleck auf der menschlichen Landkarte verschwinden lassen, aber wirklich Gutes kann daraus nicht entstehen. Erst die Kombination von Hirn und Herz macht die Sache komplett. Erst dann können wir uns alle wirklich weiter entwickeln, Dinge zum Laufen bringen, Fortschritte in Richtung einer besseren Welt und die Welt »menschlicher« machen. Leider kann man den »Menschlichkeits-Quotienten« nicht so messen, wie den IQ. Es gibt dafür keine wissenschaftlichen Tabellen und Auswertungen. Keine Tests und Fragebögen. Der Grund dafür liegt, in meinen Augen darin, dass man Gefühle nicht messen kann. Gefühle sind »unermesslich«, im wahrsten Sinne des Wortes. Und, viele Menschen haben verlernt, mit ihren Gefühlen richtig umzugehen. Sie ignorieren sie. Sie unterdrücken sie. Sie vertrauen ihnen nicht mehr, weil man sie eben nicht messen kann. Sie empfinden sie sogar als störend, wenn diese Gefühle Stimmungen in ihnen auslösen, die sie verwirren oder nicht in das Bild passen, das sie selbst von sich haben. Gefühle sind in ihren Augen eine »gefährliche Angelegenheit«, da sie nicht steuerbar, erzeugbar und lenkbar sind. Sie sind auch meist unbegründbar. Zumindest dann, wenn man sie ausschließlich mit dem Kopf betrachtet. Für Menschen, die so denken, ist das Herz nur ein Muskel mit besonderen Funktionen, ein Organ unter vielen Maschinenteilen des menschlichen Körpers. Eine Seele oder etwas in der Art gibt es nicht. Man kann es nicht angreifen, nicht messen, wiegen, fotografieren, … also ist es nicht da. Punkt, basta, Schluss!

Wäre es nicht langsam an der Zeit einen »MQ-Test« zu erfinden? Ist eine wirklich zufrieden stellende Punkteanzahl bei dieser Auswertung nicht genauso wichtig oder sogar noch wichtiger als der »IQ«? Der »MQ« eines Menschen zeigt sich erst dann, wenn er verantwortungsbewusst und mutig für andere eintritt und ohne Rücksicht auf das Risiko, das er damit eingeht, »seinen Weg« geht. Nur dann kann unsere Welt besser werden, nur dann macht alles einen Sinn. Der »IQ« und der »MQ« müssen in meinen Augen annähernd gleich hoch sein, damit es gelingen kann, unsere Welt umzugestalten …

Relativitätstheorie

Auszug aus Wikipedia: »Die Relativitätstheorie befasst sich mit der Struktur von Raum und Zeit sowie mit dem Wesen der Gravitation. Sie besteht aus zwei maßgeblich von Albert Einstein geschaffenen physikalischen Theorien, der 1905 veröffentlichten speziellen Relativitätstheorie und der 1916 abgeschlossenen allgemeinen Relativitätstheorie. Die spezielle beschreibt das Verhalten von Raum und Zeit aus der Sicht von Beobachtern, die sich relativ zueinander bewegen, und die damit verbundenen Phänomene. Darauf aufbauend führt die allgemeine Relativitätstheorie die Gravitation auf eine Krümmung von Raum und Zeit zurück, die unter anderem durch die beteiligten Massen verursacht wird ....« Wenn man das liest, wird einem durchschnittlich begabten Menschen schwindlig. Wer, bitte, soll das verstehen? Struktur von Raum und Zeit? Krümmung von Raum und Zeit? Wo und wie krümmt sich da etwas? Die Struktur von Raum und Zeit kann man sich ja noch vorstellen. Der Raum ist in Gegenden unterschiedlichster Art unterteilt. Berge, Hügel, Ebenen, Schluchten, Land und Meer, Städte, Dörfer, einsame Gegenden, ... und die Unterteilung der Zeit ist auch jedem klar. Sekunden, Minuten, Stunden, Tage, Wochen, Jahre, ... Aber die Krümmung von Raum und Zeit?

O.K. Eine Banane ist krumm. Eine Salatgurke kann gekrümmt sein. Ein Wurm, ein »armer« oder ein echter, krümmen sich am Boden. Man krümmt sich vor Schmerzen. Die Krümmung einer geometrischen Figur ... Alles noch verständlich. Aber bei der Krümmung von Raum und Zeit hört sich der »Spaß« auf. Das ist nur etwas für überbestückte Intelligenzler. Keine Kost für Jedermann. Ich habe ein Gebiet gefunden, mittels dessen ich, auch mir selbst, meine eigene

Relativitätstheorie erklären kann. Zumindest einen Teil davon, um Albert Einstein nicht dazu zu veranlassen, sich in seinem Grabe umzudrehen... Das will ich auf keinen Fall!

Betrachten wir einmal unser Umfeld. Unser eigenes Leben mit seinen Sorgen und Freuden, mit seinen Höhen und Tiefen. Wie oft ertappte ich mich dabei, ein Malheur oder Missgeschick als wahre Katastrophe zu empfinden? Eine gedrückte Stimmung, in der ich mich befunden habe, hat tiefe Seufzer und Selbstmitleid bei mir ausgelöst. Gott, war ich arm!. Zumindest habe ich es damals so empfunden. Ich bin zwar immer ein positiv denkender Mensch gewesen, aber hin und wieder habe ich auch schwache Momente, in denen ich dann mein Leid als objektiv »großes Leid« empfunden habe. Nur, wie alles im Leben ist auch das RELATIV. Wenn man nicht nur sein eigenes Leben betrachtet und bewertet, sondern seine Augen einmal in seine Umgebung, quasi in »Nachbar's Garten« schweifen lässt, gewinnt man einen besseren Überblick. Es ist so, als würde man auf einen Baum steigen und sowohl in seinen eigenen Garten, als auch in die Nachbarsgärten sehen können. Alles ist ein bisschen kleiner... Das eigene übermäßige Unkraut, das den armen, schönen Rasen durchsetzt, die eigenen Blumen, von denen man, wenn man nahe davor steht glaubt, dass sie die größten Blüten und die schönsten Triebe haben. Alles ist »miniaturisiert«! Wendet man dann seinen Blick vom eigenen Garten ab und dreht sich ein Stückchen, hat man einen guten Blick in andere Gärten. Man sieht deren Unkraut, manchmal ist es höher oder weiter verbreitet als im eigenen Garten, die fremden Blumen, die von oben entweder vertrocknet oder prächtiger als die eigenen aussehen, die Triebe auf den Pflanzen des Nachbars, die man Sorten mäßig nicht einordnen kann, ...

Man sitzt dann da auf einem Ast und betrachtet alles »von oben herab«. Dann merkt man, dass das eigene Unkraut eigentlich gar nicht so furchtbar ist, wie man bisher immer geglaubt hat und permanent versucht hat, dieses zu eliminieren. Was hat man nicht alles getan, um es los zu werden? Ausstechen, Vergiften, Rasen neu säen, … Nichts hat wirklich etwas gebracht. Zumindest keine dauerhaften Erfolge. Man war schon total verzweifelt. Nun, da man da oben auf dem Baum sitzt, kann man erkennen, dass es in jedem Garten Unkraut gibt. Das ist eben so. Und, in manchen Gärten steht es meterhoch! Man kann dort nicht einmal mehr einen Fuß vor den anderen setzen, ohne sich an den Dornen und Stacheln zu verletzen. Plötzlich relativiert sich die Menge des eigenen Unkrauts.« Ist doch gar nicht so schlimm!«, denkt man dann und steigt zufrieden vom Baum herunter. In dem Moment wo man wieder festen Boden unter den Füßen hat und sich dann sogar nieder kniet, um sich die eigenen »Nicht-Gras-Sorten« anzusehen, entdeckt man vielleicht sogar ein paar kleine, zarte Blüten, die man nie zuvor gesehen hat. Sie waren immer da, nur hat man vor lauter »Unkraut-Panik« nicht genau hingeschaut. Genauso funktioniert es mit eigenen Problemen. Man muss einen höheren Blickwinkel einnehmen, um einen objektiv besseren Eindruck zu gewinnen. Dann ist das eigene Missgeschick meist relativ unbedeutend und leicht zu ertragen. Aber auch wenn man in dem »Nachbarsgarten« größere und schönere Blüten entdeckt, als die, die man selbst so liebevoll gepflegt und betreut hat, sollte man genauer hinsehen. Auch diese Pracht ist relativ. Weiß man selbst, wie viel Zeit, Arbeit und manchmal auch verzweifelte Anstrengung jemand anderer in diese tollen Blüten gesteckt hat? Wie oft derjenige in der Nacht panisch aufgewacht ist, um im Garten noch mal nach dem Rechten zusehen und die Schnecken, die seine Blüten anknabbern wollten, abgenommen hat? Hat er unter jeder Pflanze einen großen Ring mit Unkrautvertilger oder Schädlings-Kampfstoff stehen? Wie viele Kreaturen hat er schon auf dem Gewissen nur um den Preis für die schönste Rose zu gewinnen? Wie gesagt, auch hier sollte man einen zweiten Blick riskieren. Dann relativiert sich auch das. Man hat dann viel mehr Freude an den eigenen, vielleicht ein bisschen kleineren Blüten, aber man hatte Spaß an ihrer Pflege und beim Betrachten der Rosen und beim »Daran riechen« spürt man, dass sie sich mit ihrem Anblick und Duft bei dir für die liebevolle, naturnahe Pflege bedanken. Dein eigener Garten entspricht auch genau deinem Wesen. Nicht jeder Garten ist in meinen Augen ein Ort, an dem ich mich wohl fühle. Das ist Geschmackssache. Ich bevorzuge meinen Garten mit meinem Unkraut, das meine kleinen, zarten Unkraut-Blüten hervorbringt, und meine Schnecken sollen sich ruhig laben, an dem was sie finden.

Kein Gift, keine chemischen Keulen schrecken sie ab. Jeder ist willkommen, und daher kommt auch jeder! Schmetterlinge, Bienen, Hummeln, Libellen, Vögel, Igel, Katzen, Eidechsen, Marien- und sonstige Käfer, Mäuse, manchmal sogar ein Feldhase und, zu meiner größten Freude, auch ein Wildenten-Trio, das Jahr für Jahr im Frühling wieder kommt und über mehrere Wochen hinweg, einen großen Teil des Tages in meinem Garten verbringt. In einem Jahr hat die Ente sogar bei mir unter den Büschen gebrütet. Leider wurde das Gelege von einem Marder oder einem anderen »Räuber« geleert, ohne dass ich es verhindern konnte. Aber so ist das Leben. Flora und Fauna in perfekter Harmonie. Von allem etwas. Ich sehe nur zu, dass nichts überhand nimmt und alles halbwegs im Gleichgewicht bleibt. Somit ist mein Garten **relativ** perfekt.

Das Exil

Es war einmal vor langer Zeit ein junges Mädchen, das bei einem Spaziergang durch den Wald einen Jüngling traf. Die beiden fanden sofort Gefallen an einander und unterhielten sich eine kurze Zeit. Plötzlich jedoch, stieg der Jüngling auf sein Pferd und ritt in den tiefen Wald davon. Das Mädchen war sehr traurig, dass der junge Mann es so abrupt verlassen hatte. Sie hatten sich doch gerade noch so gut unterhalten und ihre Zuneigung zu einander entdeckt. Was war geschehen? Was hatte sie getan oder gesagt, das ihn dermaßen verschreckt hat? Es blieb still unter der großen Eiche, unter der es zuvor mit dem Jüngling gesessen hatte, sitzen und dachte nach. Sie hatten über Gefühle gesprochen und das Mädchen hatte ihm offenbart, dass es an dem Jüngling Gefallen gefunden hat. Das war der letzte Satz gewesen…. Das Mädchen wusste nicht, weshalb der junge Mann so schnell und so furchtbar abweisend reagiert hatte. Es spürte aber, dass gerade dieses Thema und seine Eröffnung, in dem jungen Mann Panik ausgelöst hatte, weshalb auch immer. Es spürte ganz tief in seinem Herzen, dass dieser junge Mann ihr »fehlender Teil« war, um sie als Ganzes vollständig zu machen und entschloss sich, um ihm nicht zufällig wieder im Wald zu begegnen und ihn noch weiter von sich weg zu drängen, auf einer kleinen Insel Zuflucht zu suchen. Also packte es das Notwendigste ein und stieg in ein kleines Ruderboot.

Die Insel, die es sich als Ort für ihr Exil gewählt hatte, war ein großer Felsen, schroff und unwirtlich, mitten im Ozean. Er bot gerade soviel zum Leben, dass das Mädchen sicher sein konnte, nicht zu verhungern, egal wie lange es auf diesem Felsen bleiben musste. Anfangs rief es seine Verzweiflung und Einsamkeit noch laut über die Weiten des Meeres hinaus. Bald aber war es so müde, dass es nicht mehr schreien konnte. Um aber nicht an seinen Gefühlen zu ersticken, begann das Mädchen seine Gedanken aufzuschreiben. Stundenlang, tagelang saß es an dem wackligen Tisch und brachte seine Gefühle zu Papier. Das ging einige Jahre so. Mit der Zeit sammelten sich so viele, mit Gedanken und Gefühlen gefüllte, Blätter an, dass das Mädchen, das inzwischen zu einer starken Frau herangewachsen war, sich entschloss, diese Texte in Flaschen zu stecken und in den Ozean zu werfen. Sie rollte die Blätter sorgfältig zusammen und ließ sie in die unterschiedlichsten Flaschen gleiten. Dann verschloss sie diese und warf sie in hohem Bogen über die Klippen ins Meer. Sie vertraute darauf, dass eines Tages diese Flaschen an den richtigen Strand gespült würden und der Jüngling, der nun auch schon ein stattlicher Mann sein musste, sie finden und lesen würde. Wenn er dann bereit war, zu glauben, was er liest, könnte er, wenn er selbst es wirklich wollte, in ein Boot steigen und sie aus ihrem selbst gewählten Exil erlösen.

Ihr blieb nur das Vertrauen, dass die Flaschen ihr Ziel erreichen werden und sie im richtigen Moment an den richtigen Strand gespült würden. Vielleicht aber würden ihre Flaschen-Botschaften auch von einem Fischer, im Meer treibend, entdeckt. Der könnte, wenn er »lesen« kann, die Nachrichten an den richtigen Empfänger weiterleiten … Das würde aber nur funktionieren, wenn der Fischer lesen kann, und wie viele Fischer konnten damals schon lesen?

Und was wäre, wenn der Jüngling an den Strand käme, die Flasche finden und den Inhalt lesen würde? Würde er dann nach ihr Ausschau halten und, wenn kein Boot zur Hand wäre, in Richtung ihrer Insel schwimmen um zu ihr zu kommen, oder würde er sich umdrehen, den Kopf schütteln, weil er sie längst vergessen hatte und zurück in den Wald gehen? Sie wusste es nicht. Was würde sie tun, wenn sie erkennen müsste, dass er, obwohl er sie auf der Insel gesehen hatte, nicht ins kalte Wasser steigt? Könnte sie sich überwinden, sich selbst in das große Eichenfass, das die Brandung an ihre Küste gespült hatte, zu setzen und sich von den Wellen forttragen zu lassen. Wohin auch immer die Strömung sie treiben würde? Alles war besser, als bis in alle Ewigkeit im Exil zu bleiben, das wusste sie. Sie wollte nur den richtigen Moment abwarten. Wann der richtige Moment gekommen war, würde sie spüren …

Die Zwillingsprinzen

Vor langer Zeit lebten auf einer Burg zwei Prinzen. Sie waren Brüder. Nicht nur das. Sie waren Zwillinge. Jedoch waren sie so verschieden, wie es überhaupt nur möglich war. Der eine Prinz war stattlich, ritterlich, höflich, stark, mutig und ein erfolgreicher Ritter. Sein Bruder war genauso stattlich, bevorzugte es aber, sich mit den schönen Künsten zu beschäftigen. Er war charmant, witzig, geistreich und gefühlsbetont. Der »starke, mutige Bruder« mochte den anderen nicht besonders. Er ging zwar halbwegs respektvoll mit ihm um, das verlangte seine gute Erziehung, wirklich anfangen konnte er aber nichts mit seinem Zwillingsbruder. Sie verbrachten auch nicht sehr viel Zeit miteinander, worunter der »sanfte Bruder« oft litt. Er hätte sich so gerne mit seinem »starken Bruder« in Gesprächen ausgetauscht, ihm seine Gedanken offenbart. Aber bis auf das gemeinsame Essen im Kreise der Familie hatten sie nichts gemeinsam.

Eines Tages kam eine junge Frau in die Burg und bat den »starken Bruder« um seine Hilfe bei der Vertreibung eines großen Drachen, der ihr Haus bedrohte. Sie wusste, als sie in den Burghof trat und sich nach dem Ritter erkundigte, nicht, dass er einen Zwillingsbruder hatte. Durch Zufall traf sie aber den »Sanften Bruder«, als sie sich, während sie wartete unter den großen Ginkgo-Baum setzte. Sie unterhielt sich gut mit ihrem Gesprächspartner und sie hatten ein langes, gutes Gespräch und verstanden sich auf Anhieb. Als der Ritter den Hof betrat, stand sie auf und erzählte ihm ihre Sorgen. Als sie sich dann aber nach der Bank umdrehte, auf der sie kurz zuvor mit seinem Bruder gesessen hatte, fand sie diese leer. Sie wunderte sich und fragte den Ritter, ob dieser gesehen hätte, wohin sein Bruder gegangen war. Der Ritter wusste nicht nur nicht, wohin sein Bruder gegangen war, er versuchte sogar, der jungen Frau einzureden, dass er gar keinen Bruder hatte.

Die Frau wunderte sich zwar, weshalb der Ritter seinen Bruder verleugnen sollte, wusste aber ganz genau, dass sie mit seinem Zwillingsbruder gesprochen hatte und beließ es dabei. Sie mochte den Bruder eigentlich lieber als den stattlichen Ritter. Der war immer so reserviert, korrekt und schrecklich mutig. Er lebte in ständiger Gefahr und ließ niemanden nahe genug an sich heran, um nicht verletzt zu werden. Das brachte ihm zwar viele Erfolge und einen weiten Ruf als guter Kämpfer und Drachentöter, viele Freunde hatte er aber nicht, da er sich keine Zeit nahm, sich um Menschen zu kümmern.

Sein Zwillingsbruder hingegen war beliebt. Zumindest bei allen anderen Menschen, die auf der Burg lebten. Er hatte Freunde, wirkliche Freunde, die mit ihm durch Dick und Dünn gingen und auf die er sich blind verlassen konnte. Er war gern gesehener Gast bei jedem Fest, da er durch sein offenes Wesen und seine charmante Art jede Gesellschaft bereicherte. Niemanden kümmerte es, dass er keine Siegestrophäen hatte, die er im Festsaal an die Wand hängen konnte. Er hatte eine dermaßen gewinnende Art und eine solch angenehme Stimme, dass die Menschen ihm nicht nur gerne zuhörten, sondern manche sogar an seinen Lippen hingen, um nur ja kein einziges Wort zu verpassen. Der Ritter betrachtete seinen Bruder im Kreise seiner Vertrauten sehr oft voll Neid, zeigte es aber nicht … oder konnte es nicht zeigen, dass er selbst auch gerne so vergnügt und gesellig wäre.

In stillen Stunden hatte er oft selbst das Bedürfnis nach Nähe. Sobald er dieses Gefühl aber in sich aufsteigen spürte, verdrängte er es bewusst und zog zur Ablenkung in eine weitere Schlacht. Er dachte, dass er seinen »guten Ruf« verlieren würde, wenn er »Schwäche« zeigte. Er bemerkte gar nicht, dass fast alle Menschen einen großen Respektabstand vor ihm hielten und sich auch ihm gegenüber nicht von ihrer wahren Seite zeigten. Sie wollten von ihm nicht als Weichlinge angesehen und verspottet werden. Niemand traute sich, dem Ritter seine wahren eigenen Gefühle zu zeigen, da dieser es auch meisterlich verstand, die seinen gut zu verbergen. Er ging sogar noch einen Schritt weiter, um den guten Ruf seiner Familie zu bewahren; er verleugnete sogar seinen eigenen Bruder, da dieser in seinen Augen ein Schandfleck für die Familie war….. Ein Schandfleck für die Ehre der angesehenen Familie, deren edle und stolze Ahnenreihe sich Jahrhunderte weit zurückverfolgen ließ.

Irgendwann aber würde der stolze Ritter erkennen, dass er viele Jahre verschwendet hatte, und seinen Zwillingsbruder in die Arme nehmen. Der wartet nur mit etwas Abstand auf diesen Moment und dann, ja dann wären die beiden Zwillingsbrüder ein unschlagbares Team …

Leere Worte der Eiszeit

Leere Worte«. Wie kann ein Wort leer oder gefüllt sein? Ein Wort ist doch nur ein Wort. Dennoch wird dieser Ausdruck oft in unserem Sprachgebrauch verwendet. Und das hat seinen guten Grund. Es drückt nämlich genau das aus, was es ist. Ein leeres Wort ist ein Gebilde aus Buchstaben, das keinen tieferen Sinn und keine Glaubwürdigkeit ausstrahlt. Ihm fehlt das Gefühl. Wenn wir also auf Worte treffen, die in uns ganz instinktiv ein »eigenartiges, negatives Gefühl« auslösen, ist es dringend anzuraten, dieses Gespräch genauer zu betrachten. Was meint der Gesprächspartner wirklich, wenn er etwas sagt. Ist er glaubwürdig in dem was er von sich gibt? Was steckt dahinter? Kann er mit Worten ausdrücken, was er wirklich meint? Will er es überhaupt? Oder versucht er zu manipulieren? Wenn ja, weshalb?

An sich gibt es kein »leeres Wort«. Irgendetwas steckt immer darin. Es kommt nur darauf an, den wahren Sinn zu finden. Das ist aber keine einfache Angelegenheit. Für niemanden! In einer Zeit der Informations-Überflutung durch die Massenmedien haben wir langsam verlernt, auf das Wesentliche zu achten. Wir haben verlernt auf unser Bauchgefühl zu hören und ihm zu vertrauen. Wir sind zu sehr »kopfgesteuert«, »Gehirn dominiert«, rational und Fakten bezogen. Emotionen, Gefühle und Instinkt sind in unserer Zeit nicht sehr gefragt. Dabei sind gerade diese Fähigkeiten es, die uns haben so lange Zeit überleben lassen. Wenn wir somit auf gefühlsmäßig »leere Worte« treffen, sollten wir sie beim richtigen Namen nennen. Wenn wir nicht empfinden was zu uns gesagt wird, können und sollen wir es nicht glauben. Dann ist irgendetwas »faul im Lande Dänemark!« … Ein schnell vor sich hin gesagtes »Ich liebe Dich!« ohne das Gefühl der Liebe ist nicht glaubhaft.

Ein »Ich verstehe was Du meinst« ohne die am eigenen Leib empfundene Anerkennung ist nicht viel wert. Im Gegenteil! Gerade im Bereich des zwischenmenschlichen Zusammenlebens ist die Kombination von Wort, Tat und Gefühl das A und O. Wenn da etwas fehlt, tut der schönste Satz so weh, wie ein offener Angriff. Erst wenn man spürt was einem gesagt wird, sollte man es auch glauben. Dann aber bedingungslos und mit ganzem Herzen.

Willentlich und vorsätzlich ein Gefühl in jemandem zu erzeugen, das nicht den eigenen Gefühlen entspricht, ist nicht möglich. Darum sollte man seinen eigenen Gefühlen vertrauen und sich bei Worten nicht von ihrem Aussehen ablenken lassen, den tieferen Sinn zu erforschen. Das wäre auch die gleiche Technik, die man als Mensch bei Menschen anwenden sollte. Der äußere Schein trügt oft! Man muss sich schon die Mühe machen, einen Menschen genauer zu betrachten, in ihn hinein zu schauen, soweit man kann, soweit dieser Mensch es in diesem Moment zulässt.... Und man muss Geduld aufbringen, um zu warten, bis der Mensch bereit ist, sich weiter zu öffnen um Einblick zu gewähren. Das kostet Kraft. Leider sind in unserer Zeit viele Menschen in dieser Beziehung zu »kraftlos«. Sie trainieren zwar ihren Körper, halten ihn fit, aber für Durchhaltevermögen und Ausdauer beim Umgang mit Menschen bleibt meist keine Zeit. Oder es fehlt einfach nur an Interesse in unserer kalten Zeit der Oberflächlichkeit, der heutigen »Gefühls-Eiszeit«. Ich glaube es wäre es für uns alle ganz günstig, wenn sich die globale Erwärmung auch auf unsere Gefühle ausdehnen könnte ...

Geheimnisse

Den Satz »Kannst Du ein Geheimnis bewahren?« kennen wir alle aus unserer Kindheit. Das enorme Gefühl der Macht und die Ehre in Geheimnisse eingeweiht zu werden, stärkte unser Selbstbewusstsein. Auch im Erwachsenenalter werden wir hin und wieder zu »Geheimnisträgern«. Diese Art von geheimen Informationen ist aber oft eine ganz andere, als in der Kindheit. Die Geheimnisse der Erwachsenen bestehen vielfach aus Erkenntnissen, die eine dermaßen große Tragweite haben, dass einer allein die Last nicht tragen kann oder will. Durch das Teilen wird die Belastung aufgeteilt und ein Teil der Verantwortung abgegeben.

Was macht man aber, wenn eine Information, die unter dem Mantel der Verschwiegenheit übergeben wird, einen selbst in Gewissenskonflikte stürzt? Das Beste ist in jedem Falle NACHDENKEN. Wir durchstreifen unsere Erinnerungen, suchen nach ähnlichen Begebenheiten in unserer Vergangenheit, nach unseren eigenen damaligen Reaktionen und denen der anderen Betroffenen. Wir wägen ab und entwerfen geistige Szenarien, um unsere Einstellung und zukünftige Handlungsweise festzulegen.

Dieser Prozess braucht Zeit. Einmal mehr und einmal weniger, je nach Größe des Geheimnisses, respektive des Problems. In der Zeit, die wir mit Nachdenken verbringen, entwickeln sich die Dinge aber weiter. Das Problem verändert sich. Manchmal löst es sich einfach in Luft auf und erledigt sich von selbst. Dann kann man sich wieder entspannen und sich wieder mit anderen Dingen beschäftigen.

Was aber, wenn sich das Problem nicht »auflöst«, sondern gar noch größer oder weitläufiger und komplexer wird? Oder zumindest die Möglichkeit besteht, dass es in unserer eigenen

Nachdenkphase ausufert und weitere Kreise zieht? Wie lange dürfen wir uns erlauben, über etwas, das uns beschäftigt, nachzudenken, abzuwägen und zu reflektieren ohne zu handeln? Eigene Handlungen, die selbst als unangenehm empfunden werden, werden hinausgeschoben. Soweit wie möglich. Manchmal wird sogar die Durchführung verdrängt. Wir verbannen dann das gesamte »Geheimnis« aus unserem Bewusstsein und beruhigen uns damit, dass sich mit der Zeit schon alles in Wohlgefallen auflösen wird. Bei Problemen, die nur uns betreffen, mag das stimmen. Manchmal löst sich der »Knopf« von ganz alleine, wenn man nur etwas Geduld aufbringt. »Der Mensch denkt und Gott lenkt«. Wenn aber ein unbekannter Personenkreis unschuldig Gefahr läuft, die Auswirkungen des ungelösten Problems zu spüren, liegt die Sache schon anders. Sehr oft ist dann echte Courage und das Überspringen des eigenen Schattens erforderlich, damit die Dinge wieder ins Lot kommen. Je früher das dann, nach einer angemessenen Nachdenkphase, passiert, desto besser. Auch wenn das Eingreifen und Handeln ein hohes Maß an Kraft benötigt, ist es doch machbar und viele von uns wachsen dabei über sich selbst hinaus. Selbst auf die Gefahr hin, dass die gesetzte Handlung im ersten Moment nicht den gewünschten Erfolg bringt, darf man sich dann guten Gewissens sagen, dass man es wenigstens versucht hat.

Dann kann man wieder in den Prozess des »Nachdenkens« zurückkehren und erneut versuchen, alleine oder mit der Hilfe anderer Menschen weitere Lösungsmöglichkeiten zu finden. So bringen uns all diese »Überwindungen des eigenen Schattens« jedes Mal ein Stückchen weiter und hinterlassen wertvolle Bausteine für unser »Haus der Lebenserfahrung«.

Philosophen unter uns ...

Wer kennt sie nicht, die alten und die modernen Philosophen ... Platon, Aristoteles, Kant, Konfuzius, Simone de Beauvoir, Albert Camus, ...? Dicke Bücher, gefüllt mit ihren Gedanken, stehen in den Bücherregalen. Heutzutage meist in Bücherregalen von Antiquariaten oder Fachbuchhandlungen, denn Philosophie ist eine »trockene Angelegenheit« und absolut nicht zeitgemäß und »in«. Zumindest in den Augen vieler Menschen.

Wenn man sich aber einmal Gedanken darüber macht, was Philosophie eigentlich ist, verliert die Bezeichnung ihren verstaubten Nimbus. Philosophen haben sich ganz einfach nur Gedanken gemacht ... Gedanken über das Leben, ihr eigenes und das ihrer Mitmenschen. So haben sie viele Stunden, Tage, Wochen und Jahre damit verbracht, ihre Umwelt und sich selbst zu durchleuchten. Sie haben ihre Thesen immer und immer wieder mit anderen Menschen besprochen, um sich selbst die Möglichkeit zu geben, andere Blickwinkel einnehmen zu können. Nur so konnten sie jedes »Ding« von allen Seiten betrachten und als Schlussfolgerung dann »bewerten und beschreiben«.

»Wo sind sie hin, die Philosophen?«, könnte man nun fragen. Meine Antwort darauf ist: »Sie leben mitten unter uns!«. Jene Menschen, die sich wirklich über die wichtigen und auch weniger wichtigen Dinge des menschlichen Lebens Gedanken machen und nicht nur eine »Alibi-Lebensphilosophie« als Maske tragen, sind die Philosophen von heute. Sie schreiben keine Bücher, sie halten keine Vorträge vor großem Publikum, sie stehen nicht im Rampenlicht, ... sie leben nur einfach bewusster als andere. Und sie denken viel nach ... über Gott und die Welt. Dadurch überprüfen sie auch jeden Tag aufs Neue ihre eigenen Gefühle und Einstellung zu all den Dingen, die menschliches Zusammenleben ausmachen. Und da kommt es nicht darauf an, welcher Religionsgemeinschaft sie angehören oder welche politische Gesinnung sie haben. Es kommt nur darauf an, dass sie einfach wissen wollen, warum etwas so ist, wie es ist. Und, wenn ihnen nicht gefällt, was sie sehen, wie man ES ändern könnte, damit die Welt besser wird.

Gerade bei diesem Änderungswunsch in Richtung einer »besseren Welt« gehen Veränderungen nur sehr langsam vor sich. Darum passt es auch sehr gut, dass diese persönlichen, philosophischen Betrachtungen und Analysen, sehr zeitaufwändig und teils Kräfte rauben sind. Dadurch bleibt den heutigen Philosophen genug Zeit, ihre endgültigen Gedanken zu einem Thema erst dann an die Öffentlichkeit zu bringen, bis die Zeit reif für einen weiteren Schritt in eine bessere Richtung ist.

Wenn man das Thema Philosophie unter diesen Gesichtspunkten betrachtet, dann haftet nichts Verstaubtes, Trockenes mehr an ihm. Philosophie ist somit »angewandtes Leben, das sich einer genauen Betrachtung unterzieht«… und das kann eigentlich jeder.…

Das Korsett

Es war einmal ein kleines Mädchen, das zu seinem Geburtstag ein wunderschönes Korsett geschenkt bekam. Dies war kein »ungewöhnliches« Geschenk, da es zu dieser Zeit sehr in Mode war, ein Korsett zu tragen. Das Mädchen legte die Corsage an und fühlte sich wie eine Prinzessin.

Das Korsett war zwar noch viel zu groß, aber weil es so besonders schön und prachtvoll war, behielt es das Mädchen an. Im Laufe der Jahre wuchs das Mädchen zu einer hübschen und klugen Frau heran. Sie trug das Korsett noch immer und es formte ihre Figur perfekt. Ihre Umwelt bewunderte sie für ihr Aussehen und sie bewegte sich, geschnürt wie sie war, wie eine Elfe. Es war für alle eine Augenweide, ihr zuzusehen.

Weitere Jahre vergingen, die junge Frau heiratete und wurde Mutter. In diesen Jahren merkte sie zwar, dass das nunmehr enge Korsett sie oft stark einschnürte, sie ertrug es aber gleichmütig, da ihre Umwelt ihr äußeres Erscheinungsbild sehr schätzte und sie dadurch Bewunderung erntete. Was und wie sie es tat war anscheinend nicht so wichtig. Man achtete nur darauf wie sie dabei aussah.

Eines Tages, als sie zu einer reifen Frau geworden war, spürte sie, dass sie in ihrem Korsett nur mehr sehr schwer atmen konnte. Sie versuchte vorerst eine andere Atemtechnik, die aber nur kurze Zeit Erleichterung brachte. Die Frau war hin und her gerissen, zwischen äußerem Erscheinungsbild und dem dringenden Wunsch, endlich wieder frei atmen zu können. Als sie ihren Wunsch äußerte, das Korsett ablegen zu dürfen, wurde sie von ihrer Umwelt mit misstrauischen Augen betrachtet und spürte die Ablehnung, die ihr für dieses Ansinnen entgegen gebracht wurde. So verharrte sie weiter in ihrer zweiten Haut, bis sie ganz plötzlich spürte, dass sie zu ersticken drohte, wenn sie selbst nichts dagegen unternehmen würde. Ohne weiter darüber nachzudenken, was Ihre Umwelt dazu sagt, schnitt sie sich die festen Schnüre auf und riss sich das Korsett vom Körper. In diesem Moment hatte sie das Gefühl, endlich wieder Luft zu bekommen, sich wieder normal bewegen zu können und ihren eigenen Körper zu spüren. Sie empfand wieder Wärme und Kälte, festen Druck und sanfte Berührung auf ihrer Haut.

Ihre Umwelt war entsetzt. Sie war nicht mehr die anmutige Person, die sie jahrelang gekannt hat. Wo war das elfenhafte Wesen, wo war die zauberhafte Prinzessin geblieben? Geraume Zeit versuchte man, die Frau dazu zu bewegen, wieder in ihr Korsett zu steigen. Man bot ihr an, goldene Schnüre und neue Spitzen auf die Corsage aufzubringen, damit sie noch hübscher aussehen sollte. Keiner bedachte, dass das Korsett viel zu klein für diese Frau war und für sie die Zeit gekommen war, wo sie sich nicht mehr einschnüren lassen wollte. Erst nach langer Zeit, in der sich die Frau gegen viele Angriffe der »Korsett-Verfechter« wehren musste, hatte sie es geschafft. Sie entschloss sich, nie mehr Korsetts zu tragen. Schon gar keine, die größenmäßig nicht passten, egal ob sie nun mit Gold und Edelsteinen besetzt waren oder nicht. Sie entwarf eine neue Modelinie, die zwar stützt, aber nie mehr einengt.

Wurzelverpflanzung

Ein alter Baum lässt sich nicht gut verpflanzen.« Dieser Satz steht in jedem Gartenratgeber unter dem Kapitel »Standort-Veränderung«. Größte Vorsicht ist geboten, wenn man so einen alten Baum unbeschadet versetzen will. Der Wurzelballen muss sehr großzügig ausgestochen werden, um die feinen Wurzeln, die sich über Jahre in die Muttererde gebohrt haben, nicht zu verletzen. Das neue Pflanzloch muss auch dem entsprechend dimensioniert sein, damit der große Wurzelballen darin Platz findet. Die Zugabe von besonders humus- und nährstoffreichen Erde ist auch sehr zu empfehlen, um dem alten Baum einen besseren Start ins »neue Leben« zu ermöglichen.

Nach der Verpflanzung ist dann geraume Zeit eine intensive Pflege des Baumes notwendig. Er muss regelmäßig gegossen, gestützt und abgestorbene Äste gestutzt werden. Hin und wieder muss er mit gutem Dünger versorgt werden und er muss am richtigen Platz stehen, an dem er sich umgebungsmäßig wohl fühlt. Dann kann es gelingen, dass der alte Baum wieder zu Kräften kommt und im nächsten Frühjahr neu austreibt und herrlich blüht. In manchen Fällen ist es aber auch wichtig, dass beim Ausgraben auf junge Triebe Rücksicht genommen wird, die als Ableger des alten Baumes um ihn herum gewachsen sind. Sie brauchen oftmals noch den Schutz und die Nähe des alten Baumes und müssen gemeinsam und behutsam umsetzt werden. Triebe, die bereits ein bisschen größer sind und sich bereits durch ihre eigenen starken Wurzeln ernähren können, kann man dann umsetzen oder auch nicht. Aber auch hier muss man mit Liebe und Sorgfalt vorgehen, wenn man eine Standortänderung plant.

Genau wie bei Bäumen funktioniert es auch bei Menschen. Junge erwachsene Menschen tun sich mit Veränderungen in ihrem Leben am leichtesten und nehmen diese Veränderungen auch von sich aus vor, wenn es ihnen an einem »Standort« aus welchem Grund auch immer, nicht mehr gefällt. Das ist jetzt aber nicht unbedingt nur geographisch gemeint. Wohnorte, Beziehungen, Jobs,.. alles kann einfach und problemlos verändert werden.

Bei Kindern und älteren Erwachsenen, deren Wurzeln noch nicht stark genug oder bereits sehr stark im Boden verankert sind, geht das noch nicht oder nicht mehr so leicht. Da muss man bereits vorher genau überlegen, ob der neue Standort wirklich geeignet ist, dieses Risiko auf sich zu nehmen. Manchmal ist es besser, den Baum dort zu lassen, wo er ist. Nur wenn sich die Rahmenbedingungen an dem alten Standort ändern, zu Ungunsten des jungen oder alten »Baumes«, dann sollte man sich auf die Suche nach einem neuen, besseren Plätzchen machen.

Mit der notwendigen Sorgfalt und der Liebe zum Objekt findet man aber sicher einen Ort, an dem sich der »Zuzug« in kürzester Zeit wohl fühlen wird, sich dann für die Verpflanzung durch ein Übermaß an Blüten im nächsten Frühjahr bedankt und in dieser neuen Erde tausend Jahre alt wird …

Fisherman's friend

W enn sie für Dich zu stark sind, bist Du für sie zu schwach!«
So oder ähnlich ist der Werbeslogan für ein extrem starkes
Lutschbonbon, das den Atem nachhaltig erfrischt und jegli-
chen schlechten Geschmack erfolgreich vertreiben soll.

Auch im Bereich menschlicher Beziehungen gibt es derart
starke »Atem-Erfrischer«. Nicht jedermann ist stark genug,
diesen extremen Geschmack auf seiner Zunge auszuhalten.
Die meisten Menschen finden den leichten, fruchtigen Geschmack von TicTac oder eines Kaubonbons angenehmer.
Andere wagen sich an schärfere Sachen, wie Mentholzuckerl
oder Pfefferminz. Nach dem ersten mutigen Verkosten **dieser** neuen, extrem geschmacksintensiven Sorte ist aber meist
Schluss. Die angebrochene Packung wird dann entweder an
jemanden verschenkt, von dem man meint, dass er »stark genug« ist, oder entsorgt.

Wenn jedoch jemand sich nicht vom neuen, extrem anderen Geschmack abschrecken lässt und ein zweites Stück dieser
»Atemfrische« in den Mund nimmt, stellt er fest, dass man
sehr wohl Gefallen daran finden kann. Man darf nur nicht
den Fehler begehen, dieses »Bonbon« auf einer Stelle der Zunge
oder an der Innenseite der Wange zu lange liegen zu lassen.
Diese Art von Köstlichkeit muss sich »bewegen«. Und zu allen
Papillen der Zunge vordringen. Wer es nur am hinteren Teil
der Zunge liegen lässt, spuckt es bald wieder aus, da dieser
Bereich ausschließlich auf die Empfindung »bitter« ausgerichtet
ist. Andere Bereiche der Zunge und des Gaumens, die für andere »Geschmacksempfindungen« zuständig sind und dankbar
für »Reize der besonderen Art« wären, kämen dann gar nicht
in den Genuss, das »Bonbon« auszuprobieren. Nicht nur der
Geschmack wäre an der richtigen Stelle eine Wohltat, auch die

Empfindung der »Bonbon-Oberfläche« am Gaumen und an der Wange wäre eine Bereicherung im »Reich der Sinne«....

All diese Empfindungen der »besonderen Art« lassen sich jene entgehen, die nicht richtig »lutschen« oder, was natürlich auch sehr oft vorkommt, wirklich zu schwach sind, den »Freund des Fischers« auch als seinen eigenen zu betrachten ...

Verschollen! Cast away ...

Verschollen auf einer einsamen Insel mitten in den unendlichen Weiten des Ozeans. Das Flugzeug, in einem Unwetter vom Kurs abgekommen, abgestürzt. Alle anderen Insassen tot. Ein Mann kämpft einsam und allein auf dieser Insel mit den Naturgewalten ums Überleben. Sein einziger Gesprächspartner, ein Ball, dem er selbst ein Gesicht aufgemalt hat.

Dieser Hollywood-Film mit Tom Hanks war ein Kassenschlager. Viele ließen sich von seinem Überlebenswillen und seinem Einfallsreichtum mitreißen. Er überwand seine Angst vor der tosenden Brandung und baute sich ein Floß, um seiner Einsamkeit zu entkommen. Alles war besser, als diese Einsamkeit, sogar der Tod. Seinen Entschluss, die Flucht von dieser Insel in die Tat umzusetzen fasste er, als er das Symbol der Freiheit, einen Flügel, auf einer angespülten Toilettentüre fand. Trotz widriger Umstände und großen Strapazen, schaffte er seine Flucht und überließ sich seinem Schicksal. Er vertraute darauf, dass alles gut werden würde… und hatte damit Recht.

Auch im »echten Leben« begegne ich hin und wieder Menschen die glauben, auf einer Insel zu leben. Sie kümmern sich ausschließlich um sich selbst, nehmen sich was sie brauchen und blenden alle anderen Inselbewohner aus ihrem Gesichtsfeld aus. Somit können sie tun und lassen, was sie wollen, wann immer sie es wollen, sooft sie es wollen. Sie bedienen sich an dem, was geboten wird.

Einige dieser Menschen spüren aber an einem bestimmten Punkt in ihrem Leben eine große Einsamkeit. In diesem Moment beginnt der Gedanke an eine Flucht in ihnen aufzukeimen. Sie werden sich dessen bewusst, dass diese Insel eine »sehr einsame Insel« ist und sie diese Einsamkeit satt haben. Ohne allzu lange über die Risiken des »Floßbaus« und der Brandung nachzudenken, tun sie es einfach. Sie springen ins kalte Wasser, kämpfen hart, um an der Oberfläche zu bleiben, lernen dabei Schwimmen und gelangen bald in ruhigeres Wasser. Da sehr viele unterschiedliche Schiffe in diesen Gewässern unterwegs sind, werden sie bald aufgefischt und sind endgültig ihrer Einsamkeit entronnen.

Ganz selten kommt es aber vor, dass ein Mensch diese »einsame Insel« als seinen absoluten Lieblingsort ansieht und trotz unbewusster Sehnsucht nach einem Ende der Einsamkeit, keinen Fluchtversuch wagt. Diesem Menschen scheinen die Risiken zu hoch und er verdrängt auch sehr erfolgreich seinen eigenen Wunsch nach menschlicher Gesellschaft. Er glaubt sogar nach einiger Zeit ganz fest daran, dass er nur hier glücklich sein kann. Hier, wo er alles kennt, wo er tun und lassen kann was er will, ohne irgendjemanden zu fragen oder auf jemanden Rücksicht nehmen zu müssen. Keiner redet ihm dagegen, keiner belastet ihn mit seinen Problemen oder stört den Frieden dieses Eilands. Manche dieser extremen Einsiedler haben nicht einmal einen bemalten Ball, mit dem sie sich »austauschen« können. Niemanden, dem sie ihre Gedanken anvertrauen können. Sie vermissen auch niemanden, da sie ohnehin niemandem vertrauen, außer sich selbst. Sie befassen sich Tag ein, Tag aus nur mit ihren eigenen Bedürfnissen, alles andere wird ausgeblendet. Was man nicht sehen will, sieht man nicht und was man nicht hören will, hört man nicht. Diese Menschen sind Meister der selektiven Wahrnehmung.

Das große Problem bei dieser Lebenseinstellung ist meist, dass der Mensch eben keine »Insel« ist. Seine Persönlichkeit und seine Psyche sind von Natur aus nicht auf Einsamkeit programmiert. Das Unterbewusstsein sendet zwar flüsternd Signale, die werden aber mit vollem Krafteinsatz unterdrückt, damit sie nur ja nicht im Bewusstsein auftauchen. Irgendwann werden diese Signale aber so stark, dass sie sich nicht mehr unterdrücken lassen. Sie werden so laut, dass der Betroffene nichts anderes mehr hört, als die Hilferufe aus den Tiefen der Psyche. In diesem Moment wäre ein guter Freund die einzige Rettung, andernfalls wird der einsame Inselbewohner innerhalb kürzester Zeit wahnsinnig, da die innere Stimme dermaßen laut aus ihm herausschreit, dass es bereits in den Ohren weh tut. Nun ist es dringend an der Zeit, die Symbole der Freiheit zu erkennen und mutig ins kalte Wasser zu springen. Der Mut wird bald belohnt und man wird von einer helfenden Hand ins rettende Boot gezogen. Nur so sichert man sein Überleben. Wer diesen Mut nicht aufbringt, wird einsam und komplett taub auf dieser menschenleeren Insel, die er für sein Paradies gehalten hat, sterben.

Verschollen für den Rest der Welt. Cast away, for ever.

Was für ein trauriges Ende.

Die zwei Bären

Es waren einmal zwei Bärenkinder, die wurden, weil sie zu nahe am Fluss gespielt hatten, von den Wassermassen mitgerissen und an eine einsame Insel gespült. Die beiden Bären, eine kleine Bärin und ein kleiner Bär, überstanden die Strapazen des Schwimmens aber gut, schüttelten sich, um das Wasser aus ihrem Fell zu bekommen, und erkundeten die Insel. Sie drehten jeden Stein am Ufer herum, um zu sehen was darunter war, sie kletterten auf jeden Baum, um zu überprüfen, was man von dort oben sehen konnte, sie balgten auf sanften Wiesen herum und spielten, was das Zeug hielt. Wenn sie müde wurden, krochen sie in eine Höhle und schliefen dort ruhig und sicher. Im Laufe der Zeit wuchsen sie heran, die Bärin nannte den Bären »Bärchen«, wie sie es von Anfang an getan hatte und sie lebten glücklich und zufrieden. Außer ihnen beiden war kein anderer Bär auf der Insel und sie konnten das ganze Revier ihr Eigen nennen. Das Bären-Mädchen war zu einer stolzen Bärin herangewachsen und auch der kleine Bär war nun groß und stark.

Eines schönen Tages betrachteten sie sich liebevoll und die Bärin spürte, dass es ganz schön wäre, kleine Bärchen zu haben, auch damit ihre Art nicht aussterben sollte, wenn ihnen beiden einmal etwas passiert. Das war ihr Instinkt, der seit Anbeginn ihrer Art, ihr Überleben sichert. Der Bär war, nachdem er das einzig männliche Tier auf der Insel war, nicht abgeneigt und so bekam die Bärin drei Junge. Es waren wirklich ganz entzückende, kleine Bärenkinder. Aufgeweckt und neugierig, wie Bärenkinder nun einmal sind. Die Bärin kümmerte sich liebevoll um ihren Nachwuchs und ließ sich geraume Zeit auch einiges von ihnen gefallen. Nur wenn sie beim Spielen allzu fest zubissen, erteilte sie Ihnen eine Lektion. Wenn die Bärenkinder aber versuchten, mit dem Bärenvater so zu spielen, wie mit der Mutter, kam es immer öfter vor, dass dieser böse brummte und auch seine riesigen Zähne zeigte. Er wollte seine Ruhe haben. Es hatte auch den Anschein, dass der Bär sein Leben nicht so genoss, wie die Bärin. Er wurde richtig brummig und grantig. Die Jungen waren ihm im Weg! Er wollte die Bärin für sich alleine und weitere Bärenkinder zeugen, die er dann aber auch nicht gemocht hätte. Er streifte oft ganz alleine durch die Wälder und suchte nach etwas, das ihn erfreuen würde. Aber abgesehen von ein paar Beeren und Unmengen von Lachsen, die er aus dem Fluss fischte, gefiel ihm nichts was er sah. Er sah immer nur, was fehlte. Und das war die Bärin. Er wurde immer unleidlicher und die Bärin musste bald ihre Kinder vor ihm in Schutz nehmen, da er auch sie offen angriff. Bärinnen sind aber von Natur aus starke und mutige Wesen und so schaffte es die Bärin, ihre Jungen groß zu ziehen, wie es sich gehört. Sie lernten unter ihrer Obhut zu klettern, zu jagen und die großen Steine umzudrehen, um köstliche Leckerbissen darunter zu finden. Als die jungen Bären ein Alter erreicht hatten, in dem sie bald auf eigenen Beinen stehen konnten und die Mutter verlassen sollten, war der alte Bär so aggressiv geworden, dass er sich offen im Kampf der Bärin stellte. Er war der Boss! Das musste er ihr und den Kindern zeigen! Er duldete auch nicht, dass die Bärin einen kleinen Teil der Insel für sich beanspruchte, um ungestört ihre Jungen zum Spielen und Lernen aus der Höhle führen zu können, ohne ununterbrochen auf der Hut sein zu müssen. Die ganze Insel war sein Revier, obwohl sie beide gleichzeitig vor vielen Jahren hier an Land gingen! Die Bärin war zwar schon ziemlich entkräftet, aber tapfer und mutig genug, sich diesem offenen Kampf zu stellen. Die beiden lieferten sich wahre Gefechte und ihre Zähne waren Furcht erregend. Auch das Gebrüll hörte man bis über die gesamte Insel. Da der männliche Bär aber größer als die

Bärin war, was von Natur aus bei Bären so ist, musste die Bärin zu einer List greifen, um nicht endgültig zu unterliegen. Sie hatte in vielen Nächten, in denen der brummige Bär irgendwo unter einem Baum geschlafen hatte, immer wieder über das Problem nachgedacht und schlussendlich eine List ersonnen. Sie tat plötzlich so, als würde sie aufgeben, ließ sich von dem großen Bären mit einem Prankenhieb für ihr »ungebührliches Verhalten« bestrafen und schmiegte sich dann an ihn, als wollte sie ihn umgarnen. Der Bär war entzückt! Endlich hatte er seine Spielpartnerin wieder. Endlich konnte er wieder ungehindert, wann immer es ihm beliebte, seinem Trieb nachkommen. Für ihn war die Welt wieder in Ordnung. Die Bärin aber wusste, dass ein Zusammenleben mit einem erwachsenen Bären eine gefährliche Angelegenheit ist. Das sagte ihr der Instinkt. Sie versteckte ihre Jungen in einer sicheren Höhle und führte den Bären ganz langsam Richtung Fluss. Mit verführerischen Blicken lockte sie ihn Stück für Stück weiter. Der große Bär konnte gar nicht anders, als ihr und ihrem Duft zu folgen. Am Ufer tat sie so, als würde sie wieder mit ihm, so wie früher in ihrer Kindheit, spielen und herumtollen wollen und der Bär nahm das Angebot sofort an. Vor lauter Freude über dieses, lange entbehrte Spiel, sah er nicht, dass der Fluss Hochwasser führte und die Strömung so stark war, dass dicke Baumstämme vom Fluss mitgerissen wurden. Er hörte auch das bedrohliche Grollen des Flusses nicht. Er war plötzlich blind und taub. Die Bärin balgte mit ihm und lockte ihn immer weiter. Der Bär folgte ihr und sah sich nicht um. Nach einiger Zeit hatte es die Bärin geschafft. Beide standen auf einer Klippe, die weit über das brodelnde Wasser hinausragte. Mit einem gezielten Prankenschlag, versetzte sie dem grimmigen Bären einen dermaßen heftigen Stoß, dass dieser, weil er ja vollkommen arglos und unvorbereitet war, taumelte und in den Fluss stürzte. Die Wassermassen rissen ihn mit sich und der Bär hatte schwer zu kämpfen, um an der Oberfläche zu bleiben. Er brüllte anfangs auch ganz Furcht erregend, bis er bemerkte, dass er seine gesamten Kräfte und seine volle Konzentration auf das Schwimmen lenken musste, um nicht unterzugehen. Während der Bär seine Schwimmkünste unter Beweis stellen musste um sein Leben zu retten, ging die Bärin nach kurzer Zeit zurück zu ihrer Höhle und legte sich erschöpft zu ihren Jungen, die ganz friedlich dort schlummerten Sie träumte zwar noch hin und wieder von anderen Bären, würde sich aber, sollte der Fluss ihr einen neuen Partner an das Ufer schwemmen, der es geschafft hatte die Wassermassen zu durchqueren, diesen Bären ganz genau ansehen, bevor sie ihn in ihre Höhle lassen würde. Für den Bären, den sie in die Fluten hatte stürzen müssen, um ihr eigenes Lebern wieder ungestört führen zu können, wünschte sie sich eine neue, friedvolle Insel, an deren Ufer sich der, dann sehr nasse, Bär ausruhen und zu neuen Kräften kommen konnte ...

Himmelskörper

Es war einmal ein kleiner Himmelskörper, nennen wir ihn einfach »I 1712«, der durch den Zusammenprall von zwei großen Himmelskörpern entstanden ist. Anfangs hatte dieser kleine Stern die Größe eines Stecknadelkopfes und schwirrte scheinbar orientierungslos durch das All. Im Laufe der Zeit verdichtete er sich aber und zog Sternenstaub und frei schwebende Energieformen an, band sie an sich und begann zu strahlen. Nach einigen Jahren war »I 1712« kein Stecknadelkopf mehr. Er war zum stattlichen Stern geworden, der seinen festen Platz im Universum eingenommen hatte. Sein Licht strahlte weit über die Grenzen seiner Galaxie hinaus.

Angezogen durch das Energiefeld von »I 1712«, versammelten sich andere funkelnde, strahlende Himmelskörper um ihn. Sie genossen das Licht und die Wärme, die von »I 1712« ausgingen und sie umkreisten ihn manchmal in dermaßen engen Umlaufbahnen, dass »I 1712« gezwungen war auszuweichen, um unangenehme Kollisionen zu vermeiden. Durch diese Ausweichmanöver, bei denen »I 1712« seine eigene Umlaufbahn verlassen musste, wurde er zwar nicht weniger hell, er benötigte aber zur Erhaltung seiner Leuchtkraft viel mehr Energie.

»I 712« zog aber nicht nur andere Planeten und Sterne an. Durch seine hohe Anziehungskraft drang auch Weltraummüll bis an seine magnetischen äußeren Schutzschichten und durchdrang diese sogar. »I 1712« war nach einiger Zeit zwar umringt und teilweise durchdrungen von fremden Energieformen, seine eigene Energie, die ihn Jahre zuvor zum hellen Stern hatte werden lassen, verschwand aber langsam. Nach einer Totalkollision mit einem energiegeladenen Planeten, bei der »I 1712« einiges an Masse verlor, die anfangs als Sternenstaub um ihn herumflog, verblasste er fast gänzlich. Der Kollisionsplanet und der Sternenstaub verdeckten ihm permanent die Sicht auf die Sonne und »I 1712« konnte seine Energie an ihrem Licht nicht mehr aufladen. Nach einiger Zeit war »I 1712« nur mehr ein Häufchen Elend, ein schwarzer Stern, ein armseliger Planetoid.

»I 1712« dachte eine Zeit lang, dass das der Preis dafür war, dass er nicht mehr alleine durch das All irrte. Er war immer in guter Gesellschaft. Sogar in »bester Gesellschaft«, wie der große Kollisionsplanet immer wieder versicherte.

Der um »I 1712« befindliche Sternenstaub wäre nicht das Problem gewesen. Er war so Licht durchlässig und hübsch anzusehen, dass »I 1712« keine Mühe gehabt hätte, regelmäßige Sonnenbäder zu nehmen und seine Energie neu aufladen zu können. »I 1712« wäre dann ein strahlender, heller Stern geblieben, der ungehindert seine Kreise im Universum gezogen hätte. Das wiederum wollte der Kollisionsplanet aber um jeden Preis verhindern und positionierte sich immer so, dass er genau zwischen »I 1712« und der Sonne stand. Seine eigene Oberfläche war dadurch immer schön warm und hell. Lange Zeit träumte »I 1712« von der Wärme und der Leuchtkraft der Sonne und versuchte sich daran zu erinnern, wie das Gefühl damals war, als die Sonnenstrahlen auf seine Oberfläche trafen. In diesen Momenten der Erinnerung lächelte »I 1712« und spürte noch immer einen Hauch von Eigenenergie in seinem Zentrum.

Durch eine enorme Eruption der Sonne wurden eines Tages die Planeten, Sterne und anderen Himmelskörper der Galaxie von »I 1712« in extreme Bewegung versetzt. Sie verließen großteils ihre eigenen Umlaufbahnen, zischten kreuz und quer durch den Weltraum und manche wurden sogar aus der Galaxie geschleudert. Nur »I 1712« bekam von dieser Kraft nichts zu spüren, da der Kollisionsplanet sich so fest an sein Magnetfeld gekettet hatte, das »I 1712« von der frei gewordenen Energie nichts bemerkt hatte. Durch eine glückliche Fügung drängte sich aber einer der anderen Sterne, beschleunigt durch die enorme Energie, die er durch die Sonneneruption aufgenommen hatte, für kurze Zeit zwischen den Kollisionsplaneten und »I 1712«. Mit einem Mal spürte »I 1712« seine eigene Energie wieder zurückkehren und er genoss die Helligkeit und Strahlung des herumwandernden Besuchers. Obwohl der fremde Himmelskörper nur kurze Zeit »Licht ins Dunkel« von »I 1712« brachte, ging es unserem Stern plötzlich besser. Er entdeckte, dass in seinem innersten Zentrum noch Energie-Resourcen vorhanden waren und ganz vorsichtig und leise machte er sich daran, diese Energien zu bündeln. Durch diese neu gewonnene Kraft war es »I 1712« möglich, nachts wenn die Sonne auf die andere Hälfte der Galaxie schien und der Kollisionsplanet ruhte, leichte Kurskorrekturen durchzuführen. Nach einiger Zeit bewegte sich »I 1712« dermaßen geschickt, dass niemand merkte, wie er die Energie des Mondes aufsog und neue Kraft tankte. Über geraume Zeit hinweg lehnte sich »I 1712« nachts leicht nach links und rechts und betrachtete den Vollmond. Er genoss es in vollen Zügen. Wieso hatte er so lange damit gewartet?

Einer der Gründe war sicher, dass »I 1712« früher immer der Ansicht war, nur die Sonne könnte ihn wieder aufladen. Erst als der Wanderplanet auf seinem Weg durch das Universum einen kurzen Moment in seine unmittelbare Nähe kam, stellte »I 1712« fest, dass die lebensnotwendige Energie nicht nur von der Sonne, sondern von allen positiv geladenen Himmelskörpern kommen konnte. Dieses neue Wissen musste »I 1712« aber für eine geraume Zeit geheim halten, da der Kollisionsplanet sofort ein noch stärkeres Magnetfeld aufgebaut hätte, das das Eindringen fremder Himmelskörper in seine und »I 1712«s Nähe endgültig verhindert hätte und er wäre auch fähig gewesen, nachts den Mond so unverrückbar zu verdecken, dass »I 1712« kein Blick auf ihn mehr möglich gewesen wäre.

So verbrachte »I 1712« mehrere Jahre in einem ständigen Wechsel zwischen regungslosem Stillstand tagsüber und einer leichten Rotation und Kursänderung nachts. Weder Sternenstaub noch Kollisionsplanet bemerkten etwas von der Veränderung und der neu gewonnenen Strahlkraft von »I 1712«. In den wenigen Momenten, in denen es ihnen auffiel, dachten sie höchstens, dass ihre eigene Energie »I 1712« wieder zum Leuchten gebracht hatte und sie waren sehr stolz auf sich. Besonders der Kollisionsplanet genoss es, »seinen Stern« wie er ihn von Anfang an nannte, wieder Strahlen zu sehen und lächelte gönnerhaft und zufrieden mit sich selbst.

Die Zeit verging, der Sternenstaub hatte sich zu drei kleinen, kompakten Himmelskörpern verdichtet, produzierten eigene Energie und begannen mit individueller Rotation im Energiefeld von »I 1712«. Die kleinen Sterne bewegten sich immer sicherer und schneller und »I 1712« wusste, dass sie sehr bald in eine eigene Umlaufbahn geschleudert würden, in der sie ihre eigenen Kreise um die Sonne ziehen konnten. Auch dieses Wissen stärkte »I 1712«, der in den vergangenen Jahren sehr viel Energie in die Formung des Sternenstaubs investiert hatte. Er sah, dass die drei Sterne wohl geraten waren und über eine große Strahlkraft verfügen würden, wenn sie gelernt hatten, die Sonnenenergie aufzunehmen. In »stillen Stunden« fand »I 1712« aber auch einen Weg, die kleinen Sterne über die Kraft des Mondes aufzuklären. Dieses Wissen würde verhindern, dass sie eines Tages ihr Dasein irgendeines Kollisionsplaneten verbringen mussten.

»I 1712« fühlte sich von Tag zu Tag besser und war bald wieder so voll Energie, wie zu der Zeit als umherwandernder Stern. Er schaffte es aber, diese Energie nicht als reines Licht nach Außen dringen zu lassen. Sein Sternkern wurde größer und wärmer, fast ungesehen von Außen, und »I 1712« spürte die Kraft in sich, bald wieder in seine eigene Umlaufbahn eintreten zu können. Keine »Beschattung« mehr, kein Sternenstaub und keine Totalkollisionen mit welchem Himmelskörper auch immer; nur die eigene Bahn um die Sonne und sein Strahlen am Himmel im Dunkel der Nacht.

Von der Erde aus würde »I 1712« dann gesehen werden können und bekäme, nach seiner Entdeckung vielleicht irgendeinen poetischen Namen. Vielleicht aber hätte der Sternenforscher aber auch so gute Augen und ein dermaßen tolles Teleskop, das er den richtigen Namen, der auf der Oberfläche von »I 1712« sichtbar war, gemeinsam mit dem neuen Stern entdecken konnte? So würde er dann in die menschlichen Sternenkarten eingetragen. Als »I 1712« im Sternbild des Schützen.

Die Rüstung

In einer Burg am Rande eines Flusses lebte vor langer Zeit ein einsamer, edler Ritter. Niemand wusste genau woher er kam. Eines Tages war er in die Burg eingezogen und dort lebte er seither sehr zurückgezogen. Der Ritter war noch nicht alt und seine Gesichtszüge waren sanft und weich. Seine Augen strahlten eine Wärme aus, die nur noch durch sein Lächeln übertroffen wurde. Wenn Krieg herrschte, zog der Ritter an der Seite seines Lehensherrn in die Schlacht. Dort bestritt er so manchen Kampf und errang einen, über die Lande bekannten, guten Namen. Seinen wirklichen Namen kannte man nicht. Er wurde von jedermann nur respektvoll » Sir Warm Heart« genannt, da er von allen für sein freundliches Wesen und seine Großherzigkeit geschätzt wurde.

Nach den Schlachten kehrte der Ritter in seine Burg zurück und verbrachte eine lange Zeit in kompletter Einsamkeit. Die Ruhe tat ihm gut und er versorgte seine Wunden, nachdem er seine strahlende Rüstung ausgezogen hatte. In seiner Burg konnte er den Harnisch ablegen und sicher sein, dass er nicht verletzt wurde. Er dachte über sein Leben nach, besann sich auf seine Ziele und genoss die Stunden der Ruhe und Einsamkeit. Hin und wieder fühlte er sich zwar einsam, aber er wusste, dass er noch Zeit brauchte, um zu sich selbst zu finden. Durch die fehlende Rüstung unerkannt, durchstreifte er die Wälder in der Umgebung, lag nachts in den Wiesen der Umgebung und ließ von der kühlen Abendluft seine Narben umschmeicheln.

Wenn der Mond am Himmel stand, stieg er in den Fluss und die Strömung trug ihn ein Stück hinaus, in die Mitte, wo er die sanfte Berührung des Wassers noch besser spüren konnte. Danach entstieg er dem Wasser wieder und ging im Schutz der Nacht in seine Burg zurück. Sobald er wieder bei Kräften war, legte er die Rüstung wieder an, stieg auf sein Pferd und ritt davon, um seine Pflicht gegen Gott und Vaterland zu erfüllen. Im Laufe der Jahre wurden die Zeiten zwischen den Schlachten immer kürzer und Sir Warm Heart konnte all seine Blessuren zwischen seinen Kämpfen nicht mehr richtig versorgen. Dadurch war das Anlegen der Rüstung bereits zur Qual für ihn geworden, doch er biss die Zähne zusammen und schloss sich fest in seine Panzerung ein. An manchen Tagen hatte er das Gefühl, als ob das kalte Eisen seinen Körper wund rieb und manchmal dachte er, dass er ersticken müsste. Da diese Beklemmungen und Schmerzen in immer kürzeren Abständen auftraten, konnte er nicht warten, bis er wieder in seiner sicheren Burg war. In seinem Zelt, geschützt durch einen spartanischen Paravent, ließ er nachts die Rüstung leise zu Boden gleiten um Luft an seine Haut und in seine Lunge zu lassen. Bei Tagesanbruch jedoch, stieg er wieder in die kalte, glänzende Rüstung, um bei Sonnenaufgang für die nächste Schlacht gewappnet zu sein.

Er fürchtete den Tag, an dem er, ohne die Nacht abwarten zu können, seinen Harnisch ablegen musste um selbst zu überleben. In diesem Moment wäre er nicht nur ungeschützt, es könnte ihn auch im hellen Licht des Tages jemand sehen, ohne Rüstung, ohne Schutz...und all seine Wunden und alten Narben wären sichtbar. Er hatte Angst, dass jemand seine Schutzlosigkeit ausnützen könnte und im Augenblick, da er ohnehin schon geschwächt war, zustoßen würde. Dieser Gedanke machte ihm schwer zu schaffen, über viele Jahre hinweg. Er fühlte sich immer bedroht, da er nichts anderes als Krieg gewohnt war. Nur in seiner eigenen Burg war er sicher. Hinter diesen festen Mauern und dem Burgtor aus alter Eiche konnte er ganz er selbst sein. Doch die Einsamkeit nagte immer öfter an ihm, und er sehnte sich nach jemandem, dem er sich anvertrauen könnte.

Vielleicht würde er eines Tages von selbst seine Angst vor un-
ehrenhafter Verletzung ablegen und eigenhändig das Burgtor
öffnen? Das wäre die Chance seines Lebens, einen Menschen
zu finden, der ihn ohne seiner strahlenden Rüstung annehmen
würde, so wie er war, verwundbar und mit all seinen Blessuren,
die ihm das Leben beigebracht hat …

Das Buch

Ich lese in Dir, wie in einem offenen Buch!«. Dieser Satz wird viel zu oft strapaziert. Wer kann schon richtig lesen? Selbst wenn man in einem Buch aus Papier Kapitel für Kapitel verschlingt und die Geschichten genießt, kann man nicht genau sagen, was der Autor empfunden hat und welche Bilder in seinem Kopf abgelaufen sind, als er die Worte aneinander reihte und zu Sätzen formte. Auch wenn man eine Rezension liest, stimmt man oft auch nicht mit diesem Urteil überein. »Gusto und Ohrfeigen sind verschieden!«, heißt es dann und dem Einen gefällt's, dem Anderen nicht. Deshalb gibt es eine derart große Vielfalt an Richtungen in der Literatur. Vom Bilderbuch, Jugendliteratur unterschiedlichster Prägung, über Krimis, Gedichtbände, Ratgeber für alle Lebenslagen, Sachbücher, Liebesgeschichten und »3-Groschen-Romane« findet man in einer gut sortierten Buchhandlung alles.

Auch bei Menschen sollte man den Inhalt nicht aufgrund des Covers beurteilen. Was im ersten Moment in den eigenen Augen wie ein Sachbuch aussieht, entpuppt sich bei näherer Betrachtung als feurige Liebesgeschichte. Ein trockener Ratgeber für Lebensfragen mutiert zum poesievollen Gedichtband, der dem »richtigen« Leser die Seele öffnet. Auch kann man die Mannigfaltigkeit der Inhalte dieser »menschlichen Bücher« nicht beim Betrachten der ersten Seiten sehen. Diese Bücher haben sich im Laufe des Lebens dieser Menschen selbst geschrieben und sie schreiben sich weiter. All die Erfahrungen, Gefühle und Erkenntnisse, die diesen Menschen auf ihrem Lebensweg widerfahren sind, spiegeln sich in den unterschiedlichen Kapiteln dieser speziellen Bücher wider.

Der Umstand, dass es sich jeweils um eine »Sonderausgabe« handelt, die in dieser Form einzigartig ist, erschwert eine objektive Beurteilung noch mehr. Diese Bücher handeln von

Erkenntnissen und Irrtümern, von Freude und Schmerz, von Verzweiflung und neu gewonnener Stärke, von Wärme, die das tiefste Innere erfüllt und Kälte, die sich heimlich in die Seele geschlichen hat, ohne dass man es verhindern konnte. Auch die Kapitel Freiheit und Verbindlichkeit haben ihren Platz; neben der Fürsorge für geliebte Menschen und dem Bedürfnis nach unverbindlicheren, eher flüchtigen Begegnungen.

Die Hauptperson, egal welchen Geschlechts, mutiert im Laufe der Handlung vom Bedürftigen zum Quell der Kraft oder umgekehrt, und durchwandert in jedem Kapitel einen anderen Abschnitt der persönlichen Entwicklung. Dadurch bleibt die Lektüre spannend, bis zum letzten Wort, das erst dann geschrieben wird, wenn der allerletzte Eintrag in dieses Buch eines Menschenlebens getätigt wird.

Manche dieser »Bücher« lesen sich anfangs wie ein schnulziger Roman, triefend vor Herzschmerz und »wüsten Irrwegen des Glücks«. Beim Weiterlesen entdeckt man aber, dass all die vorangegangenen Kapitel in eine tiefe Weisheit münden und sich die Hauptperson vom zarten, elfenähnlichen Opferwesen in einen starken, mutigen Krieger verwandelt hat und manchmal dann auch wieder zurück zur ursprünglichen Gestalt. Aber auch der umgekehrte Fall ist möglich. Der »Fels in der Brandung« wird bröckelig, gibt der Kraft des Wassers nach und wird zu feinem, weichem Sand. Keine tosende Gischt, nur mehr sanfte Wellen, die die Spuren vorbei wandernder Strandspaziergänger verwischen und wegspülen, damit der Strand wieder in jungfräulicher Unberührtheit erstrahlt.

Deshalb sollte man mit dem Ausspruch vorsichtig sein, in einem Menschen lesen zu können. Kann man sicher sein, dass man sich bereits über das erste Kapitel hinaus bewegt hat und nicht noch zig- weitere, unterschiedlichster Färbung und Inhalt, auf einen warten? Oder hat man die Einleitung und das Vorwort verpasst und dieses besondere Buch an einer willkürlich gewählten Stelle aufgeschlagen? Einfach mitten drin? Aus mangelnder Zeit oder fehlendem Interesse am Inhalt?

Auch die vorschnelle Beurteilung aufgrund des Klappentextes ist oftmals irreführend. Dieser Auszug kann aufgrund seiner mangelnden Länge nur einen »Sekunden-Eindruck« vermitteln und der ist auch noch subjektiv! »Don't judge a book about his cover«, gilt ganz besonders für die individuellen Unikate der »Lebensbücher«. Der Autor lässt sich auch ungern in die Karten schauen, solange die einzelnen Kapitel noch nicht abgeschlossen, fein geschliffen und korrigiert sind. Noch weniger gestattet er eine Einmischung und Einflussnahme im Bereich des Inhalts, der Formulierung und des Stils. In einem guten »Lebensbuch« finden sich Komponenten der Genres Krimi, Roman, Poesie, sanfter Lyrik, eines leicht verständlichen Märchens und komplizierter, philosophischer Betrachtungen. All diese Bausteine machen es komplett und geben erst einen vollständigen Überblick über den Inhalt.

Wer allzu früh die Flinte ins Korn wirft und eines dieser besonderen Bücher als »nicht interessant« in das Regal zurückstellt, macht einen großen Fehler. Und es sind viele Menschen, die ihn begehen. Gerade die unüberschaubare Vielfalt an unterschiedlichsten Textteilen und Bildern ist das Interessante und Fesselnde daran. Manche Menschen versuchen auch rückwärts oder immer wieder dasselbe Kapitel zu lesen; nur, das bringt sie im wahrsten Sinne des Wortes »nicht weiter«. Sie treten auf der Stelle oder bewegen sich in die Vergangenheit, bestenfalls an den Anfang der Geschichte. Die wiederum mag zwar interessant und leicht zu lesen gewesen sein, spiegelt aber in keinster Weise die Pointe, Quintessenz oder den tieferen Sinn der letzten Kapitel wieder. Erst wenn man sich offenen Herzens auf die Lektüre einlässt, eröffnen sich alle Geheimnisse und man wird sehr lange Zeit von diesem Buch fasziniert sein. Manchmal sogar für den Rest seines Lebens....

Ich danke all meinen Freunden, die mir geholfen haben in den »schwierigen Zeiten« zu überleben und heute an einem Wendepunkt meines Lebens zu stehen.
Ich weiss nicht wohin mein Weg mich führen wird, doch ich bin fest davon überzeugt, dass es ein guter Weg sein wird.

Irene E. Futschik